KB192883

귀여워서 맛있어서
또 보게 되는
물고기도감

귀여워서 맛있어서 또 보게 되는 물고기도감

초판 1쇄 펴낸 날 | 2021년 5월 7일
초판 2쇄 펴낸 날 | 2025년 1월 17일

지은이 | 임현
펴낸이 | 홍정우
펴낸곳 | 브레인스토어

책임편집 | 김다니엘
편집진행 | 홍주미, 이은수, 박혜림
디자인 | 이예슬
마케팅 | 방경희
감수 | 김지민

주소 | (03908) 서울특별시 마포구 월드컵북로 375, DMC이안상암1단지 2303호
전화 | (02)3275-2915~7
팩스 | (02)3275-2918
이메일 | brainstore@publishing.by-works.com
블로그 | https://blog.naver.com/brain_store
인스타그램 | https://instagram.com/brainstore_publishing

등록 | 2007년 11월 30일(제313-2007-000238호)

ⓒ 브레인스토어, 임현, 2025
ISBN 979-11-88073-69-6 (03810)

* 이 책은 저작권법에 따라 보호받는 저작물이므로 무단전재와 무단복제를 금하며, 이 책 내용의
  전부 또는 일부를 이용하려면 반드시 저작권자와 브레인스토어의 서면 동의를 받아야 합니다.

알아두면 꽤 행복해질 현대판 자산어보

귀여워서 맛있어서
또 보게 되는
물고기도감

임현 지음 · 김지민 (입질의 추억) 감수

bs
브레인스토어

머리말

    이 책은 인스타그램에 올린 한 장의 그림에서 시작되었습니다. 볼펜으로 그린 물고기 그림에 좋아요가 하나둘 늘어나고 귀엽다는 댓글이 달리기 시작하더니 급기야 이런 책을 쓰게 되었네요. 돈가스 집에서 생선가스를 찾는 물고기 덕후에겐 참으로 영광스러운 작업이었습니다. 이 바닷속 귀요미들을 책으로 널리 알릴 수 있다니! 저희 집 냉동실에 쟁여둔 통영산 고등어와 속초산 가자미들도 기뻐 춤을 추었습니다. 도감이라는 이름에 걸맞게 물고기에 관한 정보들도 많이 수록하였습니다. 종류도 많고, 산지마다 부르는 이름도 제각각이며, 제철도 다르고, 심지어 시가라는 무서운 딱지를 달고 있기도 한 생선들. 한때는 광어, 우럭, 연어만 먹고살았던 제가 생선이라는 식재료와 친해지며 알게 된 이야기들이 여러분에게도 흥미로웠으면 좋겠습니다.

    저는 물고기를 딱히 귀엽게 그리고 노력하지 않았습니다. 있는 그대로, 제 눈에 비친 아이들의 모습을 사실적으로 그렸을 뿐이지요. 뭐에 놀란 듯 땡그란 눈알, 뻐끔거리느라 헤벌린 입, 살랑살랑 움직이는 꼬리지느러미... 정말 러블리하네요. 그러니까, 물고기는 원래 귀엽습니다. 지금은 제 의견에 동의하지 않는 분들도 이 책을 읽고 나면 아마 공감하실 겁니다. 부족한 저에게 손 내밀어 주시고, 구성과 글쓰기를 함께해 주신 양은지 에디터님. 엉성한 그림을 멋지게 배치해 주신 브레인스토어의 디자인 팀에 감사드립니다. 또한 비전문가인 제 글을 꼼꼼히 감수해 주신 생선계의 빛 김지민 작가님. 덕분에 안심하고 책을 만들 수 있었습니다. 이 책을 읽은 누군가가 관심 없던 바닷속 먹거리들에 흥미를 가진다면, 더할 나위 없겠습니다.

어류는 언제 가장
맛이 좋을까?

사람마다, 대화마다 '제철'의 정의가 달라지는 것 같습니다. '많이 어획되는 시기'를 의미하기도 하고 '맛이 가장 좋을 때'를 가리키기도 하지요. 아마도 수산물을 맛있게 소비하기 원하는 우리들의 대화 속에서 "이 수산물은 제철이 언제예요?"에 내포된 뜻은 대부분 "이 수산물은 언제가 가장 맛있어요?"인 것 같습니다. 정말, 수산물의 맛이 가장 좋은 시기는 언제일까요? 바로 '산란 혹은 월동을 위해 왕성한 먹이활동을 하는 시기'입니다. 길지 않은 기간이지만 이때는 살을 찌우고 영양을 가두기 때문에 맛이 좋을 수밖에 없습니다. 아무리 양식이라도 어종마다 산란철이 정해져 있어 맛있을 때와 아닐 때가 나뉘기 마련이지요. 정리하자면, 산란하기 위해 살이 찐 시기가 맛이 가장 좋은 시기라는 건데요, 이 책에 각 수산물마다 즐기기 좋은 시기를 적어놓았습니다. 사계절 우리 수산물 여행, 시작해보실까요?

차례

머리말 * 4
어류는 언제 가장 맛이 좋을까? * 5

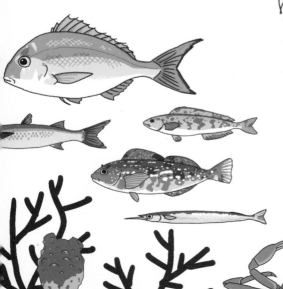

CHAPTER I
봄의 바다

예상외의 수영실력을 가진 한국의 대표 갑각류, 꽃게

꽃게의 본래 이름은 '곶게'. 등껍질 양쪽의 뿔 때문에 '곶게'로 불리다가 '꽃게'가 됐다. 전 해역에 분포하며, 겨울에는 깊은 곳이나 먼바다에서 겨울잠을 자고, 3월 하순경부터 산란을 위해 얕은 곳으로 이동한다. 산란기는 6~8월이다.

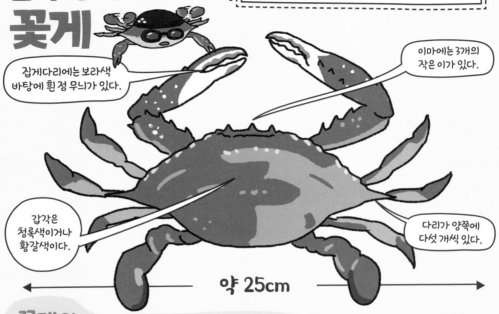

집게다리에는 보라색 바탕에 흰 점 무늬가 있다.

이마에는 3개의 작은 이가 있다.

갑각은 청록색이거나 황갈색이다.

다리가 양쪽에 다섯 개씩 있다.

약 25cm

꽃게의 암수 구분

3~6월 봄에는 붉은 난소가 꽉 찬 암게를, 9~10월 가을에는 뽀얀 살이 꽉 찬 수게를 PICK!

암게 — 배 부분이 둥글고 넓적하다.

수게 — 배 부분이 좁고 뾰족하다.

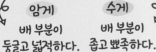

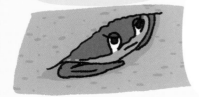

바닷속 모래를 파고 들어가 눈만 내놓고 숨는 꽃게. 촉각을 곤두세우고 먹이를 기다린다. 먹이가 다가오면 재빨리 집게발로 공격!

꽃게 다리의 구조

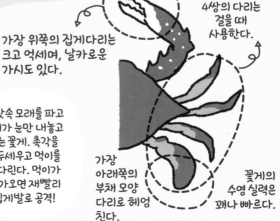

나머지 4쌍의 다리는 걸을 때 사용한다.

가장 위쪽의 집게다리는 크고 억세며, 날카로운 가시도 있다.

가장 아래쪽의 부채 모양 다리로 헤엄친다.

꽃게의 수영 실력은 꽤나 빠르다.

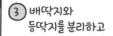

꽃게
손질하기

① 갑각류 전용 솔로 구석구석 닦는다.

② 흐르는 물이나 소금물에 씻어준다.

③ 배딱지와 등딱지를 분리하고

④ 몸 양쪽의 아가미와 입, 다리 등 살이 없는 부분을 제거한다.

⑤ 꽃게의 아래쪽에 가위질을 한 번 하고 위쪽에서부터 자른다.

⑥ 이등분한 꽃게의 살이 흘러나오지 않도록 위쪽에 가위질을 하고 아래쪽을 잘라 4등분 한다.

▶▶ 상한 꽃게는 어떻게 알까? 배쪽 껍질이 검거나 보라색이라면! 내장이 이미 썩었을 수도 있다는 증거!!!

꽃게
맛있게 먹기

게 껍데기의 아스타산틴(astaxanthin)은 단백질과 결합하여 다양한 색을 내는데, 열을 가했을 때 붉은색이 되는 이유는 이 결합이 끊어지기 때문이다. 게를 찔 때 식초와 술을 넣으면 비린 맛을 잡아주고, 살이 탱탱해진다.
※6월 21일~8월 20일은 어족 보호를 위한 법적 금어기이다. 이 시기에는 냉동꽃게가 유통된다.

1. 꽃게찜

내장이 흘러내릴 수도 있기 때문에 뒤집어서 쪄야 한다. (배가 보이게)

2. 꽃게탕

끓일 때 조개 국물을 사용하면 특유의 게 비린내를 제거하는데 효과적이다.

3. 간장게장

간장게장은 6월에 암게로 담근 것을 최고로 친다.

4. 양념게장

9~11월의 토실한 수게는 매콤한 양념게장으로~! 집 나간 밥맛 돌아오는 맛.

5. 꽃게죽

가을의 꽃게죽은 특별한 보양식

TIP! 간장게장과 양념게장은 제철에 잡은 급랭 꽃게를 쓰는 것이 생물이나 활꽃게보다 살이 뭉그러지지 않아서 좋다.

남이 까주면 더 맛있는, 대게

마치 대나무의 마디처럼 이어져 있는 대게의 다리. 그래서 '대게'라는 이름이 지어졌다. 우리나라 동해안 연안을 따라 많이 분포하고 있다.
모래나 진흙 속에 몸을 묻고 생활하며, 작은 물고기를 비롯해 게, 새우, 오징어, 문어, 갯지렁이 등을 먹이로 한다. 먹이가 없으면 동족끼리 잡아먹고, 그것도 없으면 자기 다리를 잘라서 먹기도 한다.

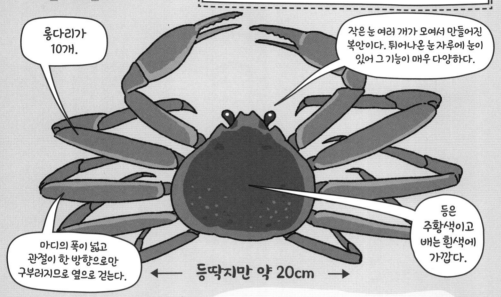

롱다리가 10개.

작은 눈 여러 개가 모여서 만들어진 복안이다. 튀어나온 눈 자루에 눈이 있어 그 기능이 매우 다양하다.

마디의 폭이 넓고 관절이 한 방향으로만 구부러지므로 옆으로 걷는다.

등은 주황색이고 배는 흰색에 가깝다.

← 등딱지만 약 20cm →

몸통을 뒤집어 봤을 때, 배딱지가 삼각형이면 수컷, 원형이면 암컷.

수놈

암놈

갑폭(게 껍데기의 지름)으로 보는 대게 크기!
수컷은 최대 18~20cm,
암컷은 최대 10~12cm까지 자란다.
자라는 기간이 긴 대게의
자원고갈을 막기 위해 우리는
수컷만 먹을 수 있다!

대게 잘 고르는 방법

겨울~ 봄까지 이어지는 대게 시즌! 어떤 것을 골라야 할까?
수족관에 1주일 이상 보관한 대게는 먹이 없이 스스로 영양보충을 하기 때문에 살이 많이 빠져있다.
대게를 들었을 때 다리가 축 처지는 것은 피하자.

박달대게는 뭔가요?

'박달대게'라는 종이 따로 있는 것은 아니다!
대게 중에서도 10년 이상 산 대게를
가리킨다. 오래 산 만큼 살이 꽉 차있는데,
지역에서 인증한 것에 한해 판매하기
때문에 다리에 인증 탭을 달고 있다.

GOOD~

배 껍질과 다리가
선홍색이면 살이
꽉 찼다는 의미!

GOOD~

부착생물이 많이 붙어있고,
껍데기가 오돌토돌한 것은
탈피한지 오래돼
수율이 높을 확률이 크다.

BAD...

다리를 눌렀을 때
물방울(기포)이 움직인다면,
속에 물이 찬 것이므로 구매하지
않는 것이 좋다.

박달대게 완장. 해마다 색이 다르다!
(색깔은 누가 고르는 걸까?)

가장 궁금한,
대게 제철은?

국산 대게는 2~4월!
수입산 대게는 1월!

대게는 찜으로 먹는 것이 정석! 찌는 방법부터 즐기는 방법까지~

1. 살아있는 게를 민물에 담근다.
(기절시키기)
움직이는 상태 그대로 솥에 찌면 대게가
움직이며 다리가 떨어지거나 몸통 속의
게장이 쏟아진다.

약간의 정종을 넣고 찌면 게
특유의 비린내를 없앨
수 있다.

2. 솥에 물을 적당히 붓고
소반에 대게를 올린다.
이때 게에 물이 닿지 않도록
하고, 대게의 복부가 위로 가게
놓자. 그래야 뜨거운 김이 들어가도
게장이 흘러나오지 않는다.

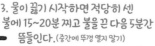

대게 찜

3. 물이 끓기 시작하면 적당히 센
불에 15~20분 찌고 불을 끈 다음 5분간
뜸들인다. (중간에 뚜껑 열지 말기)
대게는 크기에 따라 찌는 시간을
달리해야 한다. 중간치는 15분, 큰
것은 20분.

살을 다 발라 먹었다면
대게 껍데기에 게장과
밥, 김가루, 참기름 등을
넣고 비벼서 먹자.

먹고 남은
게 다리와
등껍질을 라면에
넣어 먹으면
꿀맛!

TIP!

활대게는 수돗물에 20~30분간 배가 위로 오게 담가두어 기절시킨 다음 찌는 것이 좋다.

돔돔돔으로 끝나는 생선은~

도미의 세계

우리나라 연해에 분포하며 종류가 굉장히 많다.
(참돔·강성돔·청돔·새눈치·황돔·붉돔·녹줄돔·실붉돔 등...)

참돔

벵에돔

돌돔

자리돔

옥돔

강담돔

강성돔

도미는 봄철에 가장 맛있는 생선!

단백질과 칼슘이 풍부하고 지방이 적어 다이어트에 좋다. 소화가
잘 되어 산모나 수술 후 회복기의 환자에게도 좋다. 어찌나 맛이
좋은지 회, 찜, 구이, 조림 등 여러 음식에 어울린다. 수명도 20년 이
상으로 길고, 일부일처를 유지하기 때문에 무병장수를 기원하는 회
갑연과 결혼 잔칫상에 빠지지 않는 생선이다.

'돔'
= 가시지느러미!

조선시대, 도미가 풍부하다는
소문을 들은 일본인들이 이를
탐내어 고기를 잡으러 왔다.

실제로 도미는 인간과
함께한 지 꽤 오래되었다.

도미는 자고로
조선산이 최고
데스!

난
인기쟁이!

[증거] 부산 동삼동 조개무지에서 발견된 참돔의 뼈!
몸 길이는 무려 45 ~ 58cm로 추정된다.
도미가 선사시대 때부터 식품으로 이용되었다는 증거다…!

돔 가운데서도 진짜 돔, 참돔

본격적으로 **도미**를 알아보자

머리부분이 맛있는 참돔

전체적으로 붉은 몸빛. 노성어에 접어들수록 몸빛이 어두워진다. 등이 매우 솟아있다.

여리여리해 보이는 외면과 달리 강한 이빨을 가지고 있어서

꼬리지느러미의 끝은 뾰족하며, 그 끝은 검은테가 선명하다.

새우나 오징어뿐만 아니라 게, 성게, 불가사리까지도 부숴 먹는다.

예로부터 제사상, 잔칫상의 감초!

시간이 지날수록 살이 금방 물러지므로 얼른 먹어야 한다!

← 50cm ~ 1m →

아름다운 빛깔, 균형 잡힌 비율! 몸이 단단하고 비늘도 가지런하니 예뻐서 '바다의 여왕'이라고 불린다.

하루하루가 다른 내 몸.

성장 속도가 빨라 양식을 선호한다.

바다낚시의 인기스타, 벵에돔

밤도 무서워하고, 사람도 무서워하는 겁쟁이 물고기

낮에 먹이를 잡아먹고 해가 질 때 돌아와 바위틈에 숨는다.

밤은 무서워.

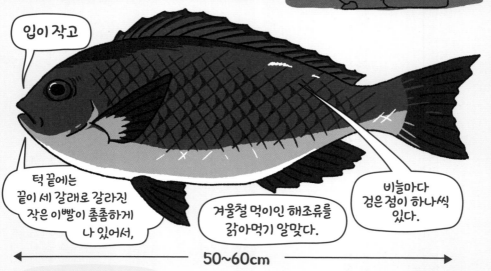

입이 작고

턱 끝에는 끝이 세 갈래로 갈라진 작은 이빨이 촘촘하게 나 있어서,

겨울철 먹이인 해조류를 갉아먹기 알맞다.

비늘마다 검은 점이 하나씩 있다.

50~60cm

한 마리가 숨으면 모여 있던 무리 모두 순식간에 숨어버린다.

꺅! 숨어!

?

동해와 남해, 제주도 연안에 서식하며 바다낚시 대상어로 인기가 좋다. 여름에 잡은 벵에돔은 특유의 냄새가 나지만 겨울에 잡은 벵에돔은 냄새 없이 맛이 좋다.

생김새가 비슷한 긴꼬리벵에돔은 집콕러인 벵에돔과 달리 바다를 돌아다녀서 더 맛있다는 게 정설!

회, 구이, 매운탕 등으로 먹는다.

돔 종류 중 가장 작고 못생긴,
자리돔

나, 자리돔에게도
부성애라는 게 있다

살아있을 때는 꼬리자루
윗부분이 흰색으로 나타난다.

자리물회 뼈째 썬 자리돔에
채소와 양념, 물을 부어 섞은 물회.
제주도 유채꽃이 필 무렵 잡히는
자리돔은 뼈가 여물지 않아 부드럽다.

← 15cm →

내 자식은
내가 지킨다!

부성애가 투철한 자리돔.
암컷이 알을 낳으면 떠나는 반면 수컷은 알이
부화할 때까지 떠나지 않고 자리를 지킨다.

돔 중에서도 최고의 돔,
돌돔

나는야 갯바위의 제왕,
갯바위에서 날 이길 물고기는 없지!!

돌밭에 살고 살이 단단해서 돌돔,
몸에 까만 줄이 나 있어서 줄돔,
이름이 여러 개이다.

시력이 좋고 호기심과 경계심 모두
강하다. 이빨로 낚싯줄을 잘 끊기 때문에
잡는데 어려움이 있다. 살이 단단하고
맛이 특출나서 횟감으로 최고!

← 60~70cm →

다 컸을 때, 암컷은
줄무늬가 선명한 반면
수컷은 줄무늬가 점차
사라지고 입 주변이
검게 변한다.

레오파드 무늬가 인상적인 패셔니스타, 강담돔

수컷 강담돔은 자랄수록 주둥이가 하얘지고, 수컷 돌돔은 자랄수록 주둥이가 까매진다!

돌돔과 비슷한 환경에 서식하는 강담돔. 맛도 비슷, 조리법도 비슷하다.

◄─────── 40~60cm ───────►

도미 집안 족보를 산 외래종 민물고기, 틸라피아 (역돔)

원산지는 아프리카, 양식은 대만, 우리나라엔 냉동으로 수입되는 민물고기

'도미살'이라는 이름으로 위장해 뷔페나 초밥에 쓰이기도 한다.

◄─────── 30~40cm ───────►

이름도 몸빛도 고급진, 옥돔

옥돔은 단 맛이 나고 특히 겨울에 맛이 좋다.
고급 어종이며, 제주도에서 사랑하는 물고기이다.

말 머리를 닮았다.
눈은 머리 위쪽에 있다.

몸빛은
대체로 붉다.

꼬리지느러미에
노란 선이 대여섯 줄 있다.

← 40~50cm →

따뜻한 물을
좋아한다.

진흙이나 모래 바닥에 구멍을
파고 그 속에서 생활한다.
(멀리 돌아다니지
않는다)

진흙 밖은
위험해!

옥돔미역국

옥돔구이

옥돔의 배를 갈라
소금을 뿌려
꾸덕꾸덕하게
말린 뒤 구우면 그
맛이 일품이다.

옥돔 미역국은 비리지 않고
담백해 아기를 낳은 엄마가
먹으면 좋다.

은빛 철갑을 두른 바다의 왕자, 감성돔

참돔과 같은 도미과에 속하며 감성도미, 남정바리, 배디미, 감생이 등으로 불린다.

참돔과는 달리 성장 속도가 느리다.
(그래도 양식은 많이 하는 편)
덕분에 참돔 희소성의 지위를 빼앗아 누리고 있다! 참돔보다 비싼 몸값을 자랑한다.

지느러미가 굉장히 발달되어 있다!

도미과 어류 중에서도 유별난 잡식성!

40~60cm

오늘부터 여자화장실 가야겠네

우리나라 바다낚시를 대표하는 감성돔!
사계절 내내 잡히며, 시각, 청각, 후각이 발달해 낚시할 때 밀당하는 재미가 별나다.

알에서 부화할 때는 난소와 정소를 한 몸에 가진 양성이었다가 2~3년 지나면 수컷으로 변하고 4~5년 지나면 암컷으로 성전환을 한다..!

돔 맛있게 먹기!!!!

고단백 저지방의 정석

1. 도미찜 손님 대접용으로 안성맞춤!

도미를 깨끗하게 손질한 후 양면에 칼집을 낸다.
양념장을 칼집 사이에 쏙쏙 채워주고 푹 익힌다.
다 익은 도미를 접시에 내어 고명을 올리면 끝!

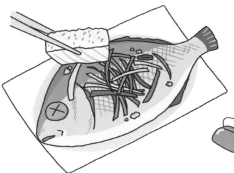

2. 도미회

단단한 살점에서 오는 쫄깃한 식감!
참돔은 식감과 맛을 살리기 위해
마츠카와타이(숙회)로 즐겨먹는 경우가 많다.

*마츠카와타이: 생선포의 껍질 위로 뜨거운 물을
부어서 순식간에 껍질을 익힌 후, 즉시 차갑게 하여
최고의 쫄깃함을 이끌어내는 횟감 처리 방식.

 ▷ ▷

뜨겁게 ▷ 차갑게 ▷ 완성!

3. 도미구이 어머님 집에 도미 하나 구워드려야겠어요.

도미는 영양소가 풍부하고, 기름기가 적어
소화가 잘 되므로 중노년층에게 좋은
생선이다. 어두일미라고 했던가, 도미의
대가리 맛은 일품이다. 도미를 구울 때,
자주 뒤집으면 껍질이 상하므로 익은 정도를
체크하면서 적당한 때에 뒤집어야 한다.

4. 도미면

국물이, 끝내줘요!

주재료는
도미 한 마리를
통째로 부친 도미면.
삶은 소고기, 당면, 채소, 도미면을 냄비에 담아 끓여
먹는 호화로운 궁중 음식. 보암직도 하고 먹음직도 한 이
음식은 '승기악탕'이라고 하는데 '기생과 음악을 능가하는
탕'이라고 하여 붙여진 이름이다. 처음 맛보는 국물 맛에
다들 반해버린다고!

TIP! | 돔 종류는 반나절 가량 숙성해서 먹으면 더욱 차지고 감칠맛이 오르는 회 맛을 볼 수 있다.

내 이름은 사실 '우렁쉥이'였어, 멍게

지방질이 거의 없어 해삼, 해파리와 함께 '3대 저칼로리 수산물'로 꼽힌다! (다이어터들 주옥!) 변비에도 좋고 숙취해소에도 좋은 멍게!

입수공과 출수공을 통해 물을 빨아들이고 내쉰다.

물속에 있는 산소를 흡수해 호흡하고, 함께 들어온 플랑크톤을 먹기도 한다.

붉은색의 단단한 몸 위에 솟은 동그란 돌기들!

이 때문에 멍게는 바다의 파인애플이라고 불린다.

바위, 해초, 조개 등에 붙어산다.

5~15Cm

멍게 친구들을 소개합니다!

비단멍게
껍질이 매끈하고 겉과 속이 붉다.

돌멍게(끈멍게)
100% 자연산으로 멍게 중 가장 고급 품종. 겉은 짙은 황갈색, 돌처럼 생겼다! 껍질은 매우 두껍지만 속살이 부드럽고 시원하다.

싱싱한 멍게 고를 땐 3가지만 기억하세요!

크다
붉다
단단하다!

껍질을 깠을 때 알맹이가 진노랑색이며 특유의 향을 가득 품고 있는 것이 맛이 좋다. 멍게는 따로 해감을 하지 않아도 되기 때문에 깨끗이 씻은 후 바로 손질하면 된다.

멍게 맛있게 먹는 여러 가지 방법(5월)

1. 멍게 회!

초장이 멍게의 비릿함을 잡아줄 뿐만 아니라 따뜻한 성분을 가지고 있어서 차가운 성분의 멍게와 조화롭게 어우러진다.

멍게의 단짝 초고추장!

2. 멍게 젓갈!

청양고추, 고춧가루, 다진마늘, 설탕, 참기름 등을 기호에 맞게 넣어 버무려주면 끝! 새콤달콤한 바다의 향기를 입안에서 느낄 수 있다.

3. 멍게 비빔밥!

싱싱한 멍게살과 초고추장 양념, 채소와 흰쌀밥을 비비면 멍게비빔밥으로 변신! 김과 함께 먹어도 맛있다!

TIP!

멍게 고를 땐 고구마형보다는 공 모양이 좋고, 표면에 뿔이 두드러진 멍게가 좋다.

뛰어난 물고기(崇魚), 숭어

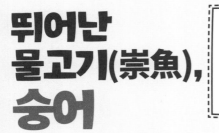

10월~2월 따뜻한 바다로 나갔다가 봄에 강 하류로 돌아오는 생선. 한반도 전역이 숭어의 서식지이며 겨울~봄이 제철이다.
물고기 중에 별명이 제일 많은데, 약 100개 정도 된다. 놀랍게도 숭어(崇魚)는 '뛰어난 물고기'라는 뜻이다. 약재로도 쓰이고 임금님 밥상에 올랐던 만큼 이름도 남다른 물고기.

제철: 11~4월
표준명: 숭어
=개숭어, 보리숭어

잠깐!
보리숭어는 무엇?
보리가 익어갈 무렵 잡히는 숭어.
새로운 종이 있는 건 아니다.

눈이 크고,
흰자위에 동공이
까맣다.

푸르스름한 등

날렵한 꼬리지느러미

한겨울에 지방 눈꺼풀이 발달하면서
흐리멍덩해지는데, 이때가 바로
제철! 그물을 던져 쉽게 잡을 수 있다.

80cm

배꼽이 있는 물고기?!

흙 속 먹잇감을 잘
주워 먹기 위해서
주둥이가 아래쪽을
향하고 있다.

여기 어딘가!

미소천사

머리와 몸통 사이에 튀어나온 부분이 있다.
'유문'이라고 부르는 위(胃) 출구이다. 숭어는
흙을 먹으면서 영양분은 흡수하고 불필요한 것은
체외로 배출하는데, 이 유문을 통해 배출한다.
잘라내면 흙이 가득 보이므로, 씻어서 참기름
소금에 찍어 먹거나 양념꼬치구이로 먹는다.

양식을 따로 하지 않는 종이다.

숭어보다
씨알이 큰,
가숭어

바닷가에 있다가 3~4월이면 강가로 올려온다.
서해에 많이 서식한다. 표준명 숭어보다 몸집이 더 크고, 겨울에
먹어야 맛있다.

제철: 11월~2월
표준명: 가숭어
=참숭어, 밀치

송어와 헷갈리지 말자!
송어는 민물고기~
생김새도 많이 다르다!

전체적으로 노르스름한 빛깔을 띤다.

눈이 노랗다면 100%가숭어!
이보다 확실한 구분법은 없다.

입술 둘레가 붉고
위턱이 아래턱보다 길다

뭉툭한 꼬리지느러미

← **1m** →

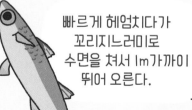

빠르게 헤엄치다가
꼬리지느러미로
수면을 쳐서 1m가까이
뛰어 오른다.

돌에 붙은 이끼나
펄에 있는 갯지렁이, 새우
따위를 잡아먹는다.

가숭어도
유문이 있다.

양식이 용이한 종이다.

숭어 손질 시 주의할 점!

내장이 터지지 않게 조심한다.
숭어는 펄 속의 유기물을 먹고살기 때문에
내장이 터지면 흙내가 난다.

숭어회와 가숭어회의 차이는?

겨울~봄 숭어회

쫀득쫀득 입안에 착 붙는 맛!
약간의 단맛도 느껴진다.

겨울 가숭어회

고소한 지방 맛!
뻘을 먹고 자란 자연산 가숭어는
지역에 따라 흙내 또는 잡내가
심하게 날 수 있으므로 양질의 사료를
먹고 자란 양식을 추천한다.

가숭어는 겨울 찬바람이 불 때 살이 찌고 기름이 차기 시작하면서 산란을
준비한다. 이때가 가장 맛있는 시기. 3월 산란기 이후에는 살이 빠져 맛이
없다. 가숭어가 맛이 없어지기 시작할 때 숭어는 11월~1월에 바다에서
산란하고 봄에 강으로 돌아온다.

이때가 바로
숭어를 먹을
타이밍!

임금님 수랏상에 오르던 숭어의 어란

숭어어란(魚卵)은
일본어로 카라스미라고
부른다.

산란이 임박한 가숭어를 잡아,
알집을 꺼내 핏물을 제거한 후 염장, 건조, 압축, 재건조하여 만든 건어물이다.
암숭어의 난소는 체중의 5분의 1정도.(큰것은 1kg) 큰 난소 속에 200만 개에서 700만
개가 넘는 알을 지닌다. 찰지고 향미가 좋다. 200번에서 500번의 손길을 거쳐
건조하는 숭어 어란은 조선시대뿐만 아니라 현재도 고급 식품이다.

숭어는 남해산이, 가숭어는 전남 일대에서 잡힌 것이 최고로 맛이 좋다. 하동에서 기른 양식
가숭어(밀치)도 일품이다.

이면수? 임연수? 이민수?
사람이 아니라 물고기 이름입니다~
임연수어

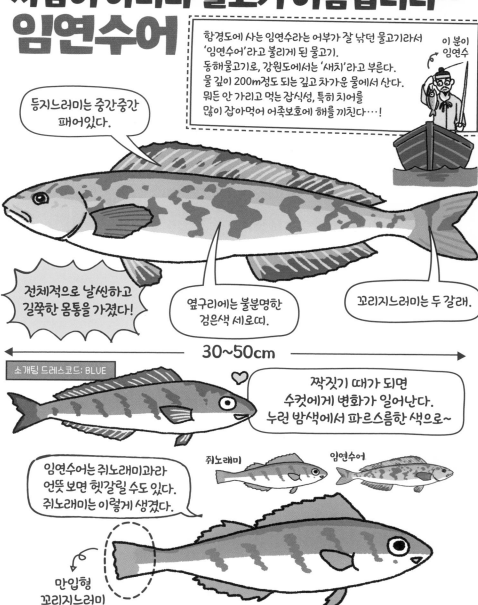

국산과 수입산, 무엇이 무엇이 다를까요?

국내산 임연수어

수입산 임연수어

낮은 체고	높은 체고
날씬한 체형	통통한 체형
줄무늬가 흐릿하고, 배 쪽은 흰색이다.	세로로 선명한 줄무늬
1~5월 사이에 볼 수 있음	사시사철 볼 수 있음 (러시아, 미국, 알래스카에서 수입)

임연수어 맛있게 먹기!

참고로! 작은 것보다 큰 것이 맛있다!

내가 더 맛있어!

껍질은 지방이 많아 고소하다.

강원도에서는 임연수어의 껍질로 밥을 싸 먹는다.
(임연수어 껍질 쌈밥)

임연수어는 어떻게 먹을까?

노릇노릇

바삭바삭

임연수어는 굽거나 튀겨 먹는다.

↓ 임연수어 껍질이 별미인 이유! ↓

★ 한 부자가 매 끼니 구운 껍질만 먹느라 3년 만에 가산을 탕진했다는 설이 있음.

★ 임연수어 껍질은 시어머니도 안 준다는 우스갯소리가 있음.

★ 너무 맛있어서 애첩도 모르게 먹는다는 속설이 있음.

TIP! 전분가루를 앞뒤로 골고루 발라 구우면 더 바삭한 맛. 자반처럼 배를 갈라 활짝 펼쳐 굽는 게 포인트!

봄날의 피로회복제, 주꾸미

필수 아미노산과 타우린을 다량 함유해 면역력 향상과 피로회복에 탁월한 주꾸미! 대부분 '쭈꾸미'로 알고 있겠지만, 정확한 이름은 주꾸미 이다. 전라남도와 충청남도에서는 쭈깨미, 경상남도에서는 쭈게미라고 부른다. 1년살이 주꾸미는 봄에 태어나 성장하다가 다시 봄이 오면 알을 품는다.
산란은 4~5월에 하며, 부화기간은 40 ~ 45일이다.

야행성이다.

몸통에 8개의 다리가 붙어있다.

길이는 서로 비슷하고

20cm

몸통보다는 2배 정도 길다.

빨판은 2줄로 배열되어 있다.

눈 아래에 바퀴 모양의 동그란 무늬가 있으며 금색을 띤다.

쌀알같아!

수심 10m정도 연안의 바위 구멍이나 바위 틈에 숨는다.

주꾸미 한 마리가 품은 알은 한 마리당 2-300개 정도이다.

초봄에 잡아서 삶으면 머리 속에 흰 살이 가득 차 있는데 살 알갱이들이 찐 밥 같기 때문에 일본사람들이 반초(飯鮹)라 한다. 3월 이후에는 주꾸미가 여위고 밥이 없다.
-『난호어목지』와 『전어지』

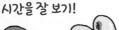

주꾸미 맛있게 먹는 방법 2가지!!

딱 2가지만 알려주도록 하지.

데쳐먹기

식초 한 숟가락을 넣어주면 색이 잘 나온다.

끓는 물에 주꾸미를 넣고 40초~1분 정도 기다리면 주꾸미가 갈색으로 변한다. 너무 오래 데치면 질겨지니 시간을 잘 보기!

데친 주꾸미를 초장에 찍어 먹는다.

돼지고기와 함께 먹기

주꾸미와 돼지고기의 궁합은 환상! 돼지고기는 지방과 콜레스테롤 수치가 높은 반면 주꾸미는 체내 콜레스테롤 수치를 내리는 타우린이 다량 함유되어 있기 때문! (반면, 주꾸미와 시금치를 같이 먹는 것은 피해야 한다.)

주꾸미 잘 고르는 방법 3가지!!

신선한 주꾸미!

신선한 주꾸미~

어두운 머리(몸)빛

신선한 주꾸미!

흡반이 뚜렷한 다리

선명한 눈 아래 금테

주꾸미는 어떻게 잡나요?

주꾸미는 얕은 바다의 굴이나 해조, 빈 조개껍데기 속에 산란한다.

이러한 주꾸미의 습성을 이용한 소라방으로 산란철 주꾸미를 잡는다. 소라껍데기 하나에 한 마리의 주꾸미가 잡힌다.

소라게 아닙니다. 주꾸미입니다.

TIP!

시장에서 고를 때는 주꾸미가 담겨있는 물의 색을 참고한다. 색이 짙을수록 먹물이 많아 활력이 좋은 것이고, 물이 맑으면 중국산이거나 활력이 둔화됐을 확률이 높다.

생각보다 큰 물고기, 쥐노래미

시장과 횟집에서 '놀래미'라 불리는 어종의 표준명은 사실 쥐노래미이다. 게르치(경남), 돌삼치, 돌참치(강원도) 라고도 불리는데, 사실 모두 같은 쥐노래미라는 것!
(서식환경에 따라 무늬가 다를 수 있음)

나는 임연수어

우리는 사촌지간

눈 위 가장자리에 깃털 모양의 피판이 있다.

65cm

부레가 없어 평소에 바닥에 배를 깔고 사는 저서성 어류이다.

쥐노래미는 암수가 함께 다닌다. (낚시하는 분들 이득)

혼인기(10월)를 맞은 쥐노래미는 황금색으로 변한다. (산란철이 다가왔다는 증거) 따라서 본격적인 산란기인 11월과 12월은 금어기이다.

쥐노래미 자연산과 양식 차이점!

1. 시장과 횟집에서 접하는 쥐노래미는 대부분 양식(중국산)이다.

양식은 몸길이가 일정하고 몸빛도 일정하다. 특히 눈 위에 위치한 깃털 모양의 피판이 크고 두드러진다. 양식은 연중 비슷한 맛을 낸다.

(눈섭처럼 생김)

(밝은 황색에 갈색 구름 무늬)

약 25cm

2. 자연산 쥐노래미

크기가 제각각이며 몸빛이 전반적으로 어둡다.(서식지에 따라 흑살색, 황갈색, 붉은 색 등) 눈 위의 피판이 발달했으나, 접혀 있어 두드러지지 않는다. 철에 따라 맛의 기복이 있다.

쥐노래미와 노래미 구별하기

1 크기 차이: 둘은 생김새가 비슷하지만
다 자랐을 때 크기는 **두 배 이상 차이가** 난다.
(주로 잡히는 크기의 경우 쥐노래미: 25~35cm, 노래미
10~20cm)

쥐노래미는 빠른
성장 속도를 가지고 있어
양식에 좋고, 살점이
많고, 맛도 좋아
횟감으로 이용된다.
(우리가 횟집에서 먹는 '노래미'가
양식 '쥐노래미'일 수도
있다는 사실!)

← **65cm** →

노래미는
소형종이다 보니
잡어로 분류되어
다른 생선과 함께
덤으로 끼워주는 생선이
되었다.

← **30cm** →

2 꼬리지느러미 모양:

쥐노래미
꼬리지느러미는
가운데가 살짝
패인 일자 모양에
가깝다.

노래미
꼬리지느러미는
부채꼴 모양으로
둥글다.

3 대가리 모양:

쥐노래미는 입술이 두껍고
눈이 크며 입과 눈의 거리가
멀다.

노래미는 뾰족한 삼각형
대가리에 눈이 작고
눈코입이 오밀조밀 모여있다.

쥐노래미 맛있게 먹기

1. 쥐노래미 회

자연산 쥐노래미는
가을~ 늦가을에 산란하므로
여름~가을에 맛있다. 반면
양식은 연중 맛의 편차가
적다. 수조에 있는 것을 고를
땐 움직임이 많은 것보다는
바닥에 배를 깔고 안정된
자세로 숨만 쉬는 것이 좋다.
수조에 오래 둔 것은 하얗게
뜨거나 밝아지므로 피하는
것이 좋다.

흰 생선살로, 광어나 우럭과 비슷하게
생겼지만 식감은 더 차지고 맛은 고소하다.
사촌인 임연수어처럼 살에 수분기가 있어,
물기를 잘 닦아내고 썰어야 탱글탱글한 식감을
느낄 수 있다.

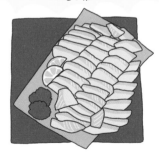

2. 쥐노래미 양념찜

쥐노래미는
살에 수분이 있어 생물로 구우면
부서질 수 있다. 말린 것으로(반건조)
구이, 조림, 찜을 해 먹자!

3. 쥐노래미 조림

TIP! 쥐노래미는 양식보다 자연산이 월등히 맛있다. 크기 40cm가 넘어가는 것을 고르면
금상첨화!

부리가 학을 닮아서, 학공치

우리나라 전역에서 볼 수 있는 흔한 생선 학공치. 겨울~봄이 제철이라 할 수 있지만 사실 일 년 내내 맛의 차이가 크지 않다. 선도 유지가 어려워 산지가 아니면 회로 맛보기 어렵다.

빨리빨리요!

'~치'자 돌림답게 성질이 급해 빨리 죽는다.

위 턱보다 아래턱이 긴 주둥이로 수면 가까이의 동물성 플랑크톤을 사냥한다.

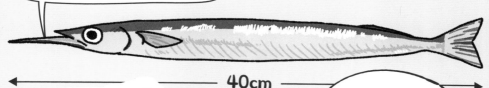

← 40cm →

학공치 아가미엔 높은 확률로 아감벌레라는 기생충이 살고 있다!

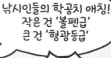

낚시인들의 학공치 애칭! 작은 건 '볼펜급' 큰 건 '형광등급'

사람에겐 무해하지만 징그러우므로 조리할 때 꼭 대가리를 떼자.

겉모습은 꽁치와 비슷하지만

속은 다르다! 꽁치는 붉은 살, 학공치는 흰 살.

흰살생선이지만 붉은살 생선만큼의

감칠맛을 가진 학공치 요리

| 1. 초밥 | 2. 회 | 3. 소금구이 | 4. 포 |

TIP! 싱싱한 학공치 회일수록 살은 투명하고 비친다. 죽은 지 하루 이상 지난 것은 조리해서 먹는다.

우리가 알고 있던 '간재미'는 사실, 홍어

몸이 붉어서 紅(붉을 홍) 어?
몸이 넓어서 洪(넓을 홍) 어?
참홍어와 닮은 듯, 아닌
홍어(간재미)는
어떤 매력이 있을까?

코 끝이 참홍어보다
짧고 조금 뾰족하다.

몸이 작고 몸통에
둥근 반점이 마주 나 있다.

50cm

참홍어와
홍어(간재미)
구별법!

'코'의 라인에 주목~!
많이 돌출되고 뾰족한 것은
참홍어, 역삼각형 라인을
그리면서 코가 돌출된 것은
홍어(간재미)

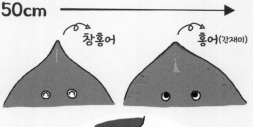

참홍어   홍어(간재미)

지역마다 다른 홍어의 제철

산란철이 오면 알 주머니에 동글동글한 알을
채우면서 부화를 준비한다.
(이 알 주머니도 탕의 재료로 인기 만점)

서해안(당진):
3~5월

남해안(통영):
12~3월

냄새에 속아 홀대하지 말자, 참홍어

겨울만 되면 생각나는 알싸한 맛, 삭힌 홍어!
참홍어는 물렁뼈처럼 연한 뼈를 가지고 있고, 부레
가 없는 재미있는 생선이다.

우리가 삭혀 먹는 홍어의
정확한 이름은 '참홍어'이다!

눈은 등 위에,
입과 콧구멍은 배 쪽에 있다.

뒤집어보면~

입과 콧구멍

가늘고 뾰족한 코 끝

납작하고
마름모꼴을 한 몸

꼬리의 가시는 매우 뾰족하므로
가시를 마구 잡는 것은 금물!

다른 물고기들과 달리
꼭 껴안고 짝짓기를
한다.

1.5m

홍어 암수구분 방법

수컷은 꼬리지느러미
양옆으로 생식기가
달려있다.

암컷이
수컷보다
크다.

암컷이 수컷보다 맛이 좋다.
(가격도 3~8천 원정도 비싸다.)
간혹 수산물 시장에서 수컷의
생식기를 자르고 암컷인 척
판매하는 경우가 있으니 주의하자!

바닥에 배를 붙이고 가슴지느러미를
날갯짓하듯 헤엄친다.
개펄을 흡입하여 동물성 플랑크톤 등을 섭취하므로
개펄의 질이 좋아야 맛도 좋아진다.

참홍어 삭히는 과정이 궁금하다!

톡 쏘는 냄새는 고기가 썩은 게 아니라 요소가 암모니아로 변하면서 나는 냄새이기 때문에 고기의 질에는 문제가 없다.

★ 암컷으로 삭히는 것이 좋다.

① 껍질을 벗기지 않는다. 껍질의 암모니아 냄새도 씻어내지 않는다.

② 실온에서 삭히면 홍어 특유의 썩은 냄새가 나는데, 숙성이 되면서 그것은 점점 나아지고, 때깔도 제법 먹음직스러워진다.

③ 먹기 좋은 크기로 잘라 항아리에 밀봉, 일주일 후에 먹을 수 있다. (옛날에는 삼베에 싸서 지푸라기 속에 넣어 삭히기도 했다.)

④ 삶은 돼지고기, 김치, 막걸리와 함께 '홍탁삼합'을 즐긴다. 캬~

홍어(간재미) 맛있게 먹는 방법

홍어의 끈적한 체액을 얼마나 잘 걷어내면서, 비린내를 없애는지가 홍어 요리를 잘하는 기준이라 할 수 있다.

홍어 회무침

새콤달콤

싱싱한 홍어는 빨간 회무침으로 새콤달콤하게!

홍어찜

뼈까지 통째로 씹어먹으면 부드러움과 오도독이 동시에~

홍어탕

홍어애(간)과 함께 끓인 홍어탕(간재미탕)은 아주 훌륭한 봄 보양식이다.

홍어애(홍어간)

애(간)은 날로 소금장에 찍어 먹거나 홍어탕으로 끓여 먹는다.

TIP!

막걸리 식초로 홍어의 진액을 제거하면 한결 수월하고, 더 산뜻한 맛을 낼 수 있다.

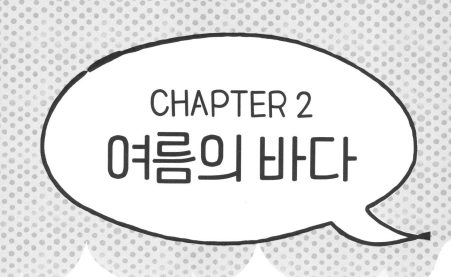

CHAPTER 2
여름의 바다

세계에서 사랑받는 여름 생선, 농어

여름의 대표적인 횟감, 단백질 함량이 높아 대표적인 여름 보양식으로 꼽힌다. '7월 농어는 바라보기만 해도 약이 된다'는 옛말의 주인공답게 몸이 허약한 아이나 산모들의 원기회복에 좋다고 알려져 있다.

몸이 긴 타원형으로 가늘고 길다.

몸의 등 쪽은 엷은 금빛을 띠며 옆줄을 경계로 밝아져서 배 쪽은 은백색을 띤다.(옆줄은 몸 중앙보다 약간 등쪽에 있다)

우리나라에서 서식하는 농어는 농어, 점농어, 넙치농어 세 종류이다.

어릴 때는 옆구리와 등지느러미에 작고 검은 점이 많이 나있는데, 크면서 점의 수가 적어진다.

1m

점농어는 검은 반점이 매우 두드러진다!

농어와 점농어의 차이는 **'점'**의 유무이다.

농어

넙치농어

넙치농어는 제주, 부산, 포항에서만 한시적으로 출현한다. 전체적으로 농어와 비슷하게 생겼는데, 꼬리지느러미에서 차이가 있다. 농어는 가운데가 쏙 들어간 V라인이고, 넙치농어는 일자에 가깝다.

농어는 성장 크기에 따라 이름이 다른 출세어이다.

출세어(出世魚):
성장함에 따라서 그 이름이 바뀌는 물고기

0 10 20 30 40 50 60 70 80 90 100

50cm이하의 농어
서해안 및 전라도에서는 깔따구라 부르고 경상도에서는 까지메기라 부른다.

0 10 20 30 40 50 60 70 80 90 100

50cm이상의 농어
비로소 '농어'라는 이름이 붙는데, 일본에서도 50cm가 넘는 농어만 '스즈키'라고 부르는 것과 같다.

0 10 20 30 40 50 60 70 80 90 100

80cm이상의 농어
대형급은 따오기라고 부른다.

농어 자연산과 양식의 차이점!

자연산 농어

꼬리지느러미가 흠집이 없이 말끔하다. 등 쪽이 어둡고 배 쪽으로 갈수록 밝아지며 엷은 금빛으로 광택이 난다.

양식 농어

꼬리지느러미가 헤지거나 흠집이 있어서 선이 말끔하지 않다. 전반적으로 어둡고 짙은 회색빛을 띤다. 양식은 최대 몸길이가 70cm인데 이것보다 크다면 자연산일 확률이 크다.

국내 자연산 농어는 가격대가 제법 나가는 고급 식당으로, 양식 농어는 일반 횟집이나 포차, 수산시장으로 나간다. 우리가 먹는 농어회 대부분은 양식(중국산)이라고 생각하면 된다.

농어회에 대해서

농어가 가장 맛있을 때는 언제일까?

산란철을 앞두고 몸집을 불리면서 맛이 가장 좋은 시기는 6~11월! (점농어는 5~9월이 제철이고 넙치농어는 9~2월이 제철이다.)

자연산 농어는 희고 밝은 근육이 특징이고 검은 실핏줄은 나타나지 않는다. 참돔과 비슷한 선홍색을 띤다.

어린 농어회
어린 농어는 자연산과 양식 모두 텁텁한 회색빛 근육에 검은 실핏줄이 나타난다.

양식 농어는 어두운 회색빛 근육에 검은 실핏줄이 산재돼있다.

농어는 양식이든 자연산이든 클수록 맛있는데 특히 몸길이 60cm이상인 중대형급은 숙성했을 때 살빛이 탁해지고 어두워지면서 단맛과 감칠맛이 매우 좋아지는 횟감이다.

농어로 탕을 끓일 때는?

자연산 농어는 맑은 탕으로   **양식 농어는 매운 탕으로**

중국식 농어찜은 중국 황제들의 별미로 손꼽히던 보양식이다.

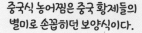

소금 복사열을 이용한 농어 오븐소금구이는 유럽에서 시작된 요리이다. 국내 고급 레스토랑에서 맛볼 수 있다.

TIP! 농어를 고를 땐 2kg 이상으로 큰 것이 맛이 좋으며, 반나절 이상 숙성하면 회 맛이 더 좋아진다.

누구나 들어봤으나 아무나 먹어보지는 못한 그 이름, 다금바리

고급 횟감 중 가장 유명하고, 논란도 많은 다금바리. 우리가 먹는 다금바리의 표준명은 자바리이다. 자바리를 다금바리라 파는 것은 속임수가 아니다. 제주도에선 자바리를 오래전부터 다금바리라 불렀으며 최고급 생선이 맞다!

사시사철 맛있지만 지방이 쌓이는 가을~겨울에 가장 맛있다. 온대성 어종이라 여름~가을에 어획량이 많다.

생선계의 노블레스, 농어목 바리과 친구들

이 구역 다금바리가 바로 나야 나!

그렇다면 표준명 다금바리는 누구?

바로 이 녀석! 하지만 희귀어종이라 평생 못 보는 사람이 대부분인데···

얘는 인지도는 낮지만 최고급 어종인 붉바리!

몇몇 상인들이 다금바리라고 속여 파는 바람에 짝퉁 다금바리 취급을 받았던 생선 능성어. 하지만 역시 고급 어종이며 맛있다.

다금바리 요리

약간의 붉은 기를 제외하고 유독 새하얀 색이 특징인 다금바리 회.

꺼들꺼들

껍질도 따로 데쳐 먹고~

뭐니 뭐니 해도 사골보다 뽀얀 맑은 탕이 최고!

아낌없이 주는 다금바리

특수부위도 모두 먹는다.

간

위

지느러미   입술

최근 자바리와 대왕바리를 교잡 양식한 대왕자바리가 다금바리라는 이름으로 판매되니 헷갈리지 말 것!

TIP!

담배쟁이라 불리는, 도다리

봄 도다리, 도다리쑥국으로 유명한 도다리.
'도다리'는 가자밋과의 몇 종류를 통칭해서 부르는
단어가 되었는데 정확하게는 도다리, 문치가자미, 강도다리,
돌가자미 등으로 나뉜다.

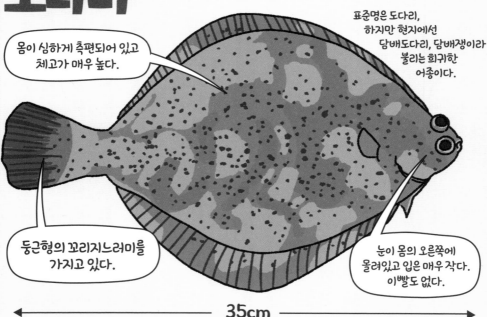

몸이 심하게 측편되어 있고
체고가 매우 높다.

표준명은 도다리,
하지만 현지에서
담배도다리, 담배쟁이라
불리는 희귀한
어종이다.

둥근형의 꼬리지느러미를
가지고 있다.

눈이 몸의 오른쪽에
몰려있고 입은 매우 작다.
이빨도 없다.

← 35cm →

비슷하게 생긴 넙치(광어)와 도다리 구별하기

정면에서 바라보았을 때 양 눈이

왼쪽에
몰려있으면
광어

오른쪽에
몰려있으면
도다리

이른바
'좌광우도'!

입이 크고
날카로운
광어

입이 작고
이빨이 없는
도다리

혼자만 눈이 반대로 달린 도다리계의 이단아, 강도다리

국내에서 대량양식하는 종으로, 연중 맛볼 수 있는 가자 밋과 어종이다. 광어보다 비싸며, 횟집에서는 주로 '봄 도다리 세꼬시'라는 메뉴로 판매된다. 자연산 도다리를 보기 드문 서울, 수도권에서는 이 양식 강도다리가 봄도다리 행세를 한다. (봄도다리는 문치가자미인데!)

강도다리의 눈 방향은 넙치(광어)와 똑같이 좌측에 쏠려있다.

몸에는 단단한 돌기가 있다.

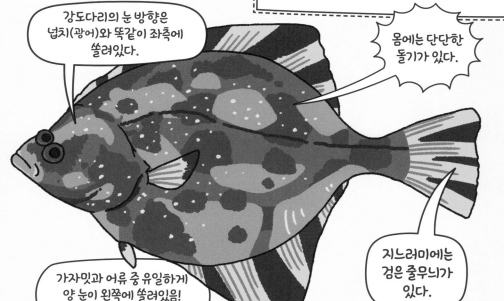

지느러미에는 검은 줄무늬가 있다.

가자밋과 어류 중 유일하게 양 눈이 왼쪽에 쏠려있음! (좌광우도 안 통함)

← 70cm →

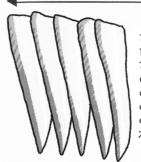

강도다리의 산란철은 1~3월이다. 봄에 먹는 강도다리는 알배기도 있지만 이미 산란을 마친 것도 있어 어느 쪽이든 봄에 맛이 들 시기는 아니다. 살밥이 차오르는 여름부터 초겨울 사이가 제철이다.

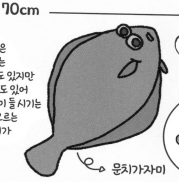

명함 줘 봐.

문치가자미

하이엔드급 납작 생선, 줄가자미

가장 맛있는 횟감 중 하나! '이시가리'라는 이름으로 더 잘 알려진 최고급 생선이다. 동해와 남해의 저수온층 깊은 바다에 살기 때문에 육질과 맛, 둘 다 뛰어나 미식가들의 사랑을 받는다.

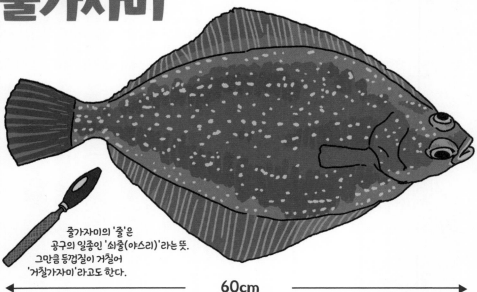

줄가자미의 '줄'은 공구의 일종인 '쇠줄(야스리)'라는 뜻. 그만큼 등껍질이 거칠어 '거칠가자미'라고도 한다.

← 60cm →

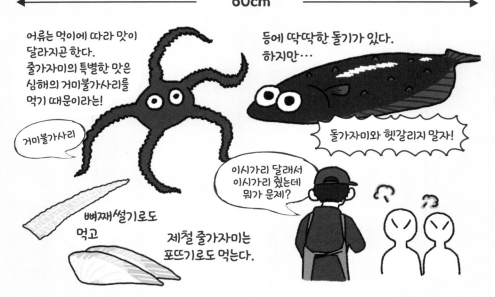

어류는 먹이에 따라 맛이 달라지곤 한다. 줄가자미의 특별한 맛은 심해의 거미불가사리를 먹기 때문이라는!

거미불가사리

등에 딱딱한 돌기가 있다. 하지만…

돌가자미와 헷갈리지 말자!

이시가리 달래서 이시가리 줬는데 뭐가 문제?

뼈째 썰기로도 먹고

제철 줄가자미는 포뜨기로도 먹는다.

조금 낯선 이름, 문치가자미

우리가 흔히 아는 도다리의 정확한 이름은 '문치가자미'이다. 쑥국의 재료로 유명한 봄도다리가 바로 문치가자미인 것! 도다리 산지는 통영, 목포를 꼽는데, 통영에서는 옛날부터 문치가자미를 '도다리'나 '참도다리'라 불러왔기 때문에 혼란이 온 것으로 보인다. 문치가자미는 성장 속도가 느리고 좁은 공간에서 서로 부대끼며 상처를 내기 때문에 양식이 쉽지 않은 어종이다. 따라서 시중에 유통되는 문치가자미는 대부분 자연산이다.

몸이 심하게 측편되어 있고 체고가 매우 높다.

둥근형의 꼬리지느러미를 가지고 있다.

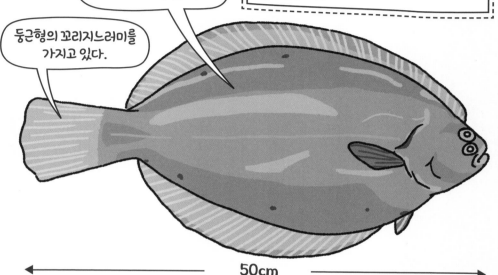

50cm

문치가자미를 먹기 전에 알아두기~!

문치가자미의 산란은 겨울에서 봄에 집중되는데, 산란을 마치고 잡힌 가자미는 몸의 영양분이 다 빠져나간 상태이므로 회감보다는 쑥국으로 끓여먹게 되었다. 3~4월의 해쑥의 진한 향과 도다리의 조화가 좋다. 회로 먹는 것은 6~9월이 가장 좋고, 20cm 미만인 어린 개체는 세꼬시로 즐겨먹기도 한다.

표준명 도다리

문치가자미

TIP!

횟감용 문치가자미는 17cm 이상 25cm 이하의 것, 살집이 두툼한 것을 고른다.
큰 것은 쑥국을 끓여먹기 좋으며, 뼈째 썰기가 아닌 포를 뜬 회는 여름~가을에 더 맛있다.

남도의 별미, 민어

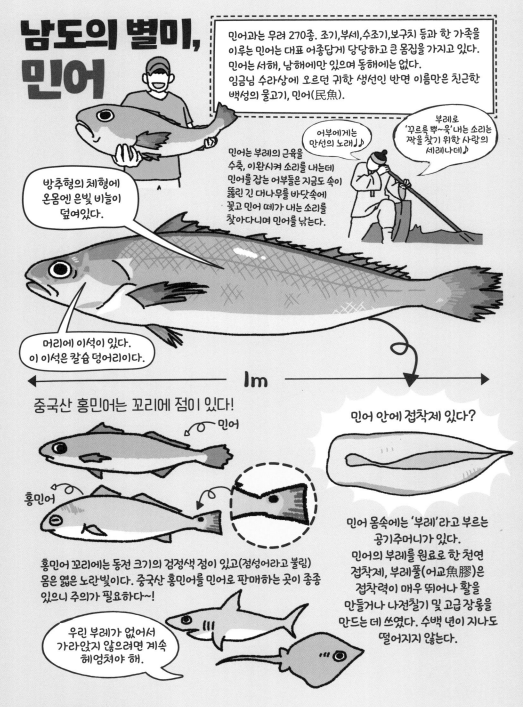

민어과는 무려 270종. 조기, 부세, 수조기, 보구치 등과 한 가족을 이루는 민어는 대표 어종답게 당당하고 큰 몸집을 가지고 있다. 민어는 서해, 남해에만 있으며 동해에는 없다. 임금님 수라상에 오르던 귀한 생선인 반면 이름만은 친근한 백성의 물고기, 민어(民魚).

부레로 '꾸르륵 뿌~욱' 내는 소리는 짝을 찾기 위한 사랑의 세레나데♩♪

어부에게는 만선의 노래♩♪

민어는 부레의 근육을 수축, 이완시켜 소리를 내는데 민어를 잡는 어부들은 지금도 속이 뚫린 긴 대나무를 바닷속에 꽂고 민어 떼가 내는 소리를 찾아다니며 민어를 낚는다.

방추형의 체형에 온몸엔 은빛 비늘이 덮여있다.

머리에 이석이 있다. 이 이석은 칼슘 덩어리이다.

|← 1m →|

중국산 홍민어는 꼬리에 점이 있다!

민어

홍민어

홍민어 꼬리에는 동전 크기의 검정색 점이 있고(정성어라고 불림) 몸은 옅은 노란빛이다. 중국산 홍민어를 민어로 판매하는 곳이 종종 있으니 주의가 필요하다~!

우린 부레가 없어서 가라앉지 않으려면 계속 헤엄쳐야 해.

민어 안에 접착제 있다?

민어 몸속에는 '부레'라고 부르는 공기주머니가 있다. 민어의 부레를 원료로 한 천연 접착제, 부레풀(어교魚膠)은 접착력이 매우 뛰어나 활을 만들거나 나전칠기 및 고급장롱을 만드는 데 쓰였다. 수백 년이 지나도 떨어지지 않는다.

17가지 맛이 난다는 민어
아낌없이 먹기!

여름에 회를 못 먹어 아쉬운 분들에게 반가운 민어.
저지방 고단백 생선인 민어는 여름에 살과 기름이 올라
맛이 가장 좋고 보양식으로 많이 먹는다. 살은 회로 뜨고, 뼈와 대가리는
탕을 끓이고, 살짝 데친 껍질과 적당한 크기로 자른 부레는 기름장에 찍어 먹는다.
그야말로 버릴 것 하나 없는 실속형 생선.
아낌없이 주는 민어를 요리 뜯고 저리 뜯어보자!

민어는 맛이 달고
성질이 따뜻하며,
여름철 냉해지는
오장육부의 기운을
돋우고 뼈를 튼튼하게
해 준다.
『동의보감』

1. 민어회

듬성듬성 두툼하게 썬
목포식 민어회는
무더운 여름날에
꼭 먹어봐야 할 별미!

2. 민어탕

3. 통치 구이

작은 민어를 '통치'라 하여
제사상에 올리는데
주로 구워 먹는다.

민어 뼈만이 낼 수 있는 감칠맛이 우러난
민어탕!! 실제로 민어 뼈를 끓이면 곰탕처럼
뽀얀 국물이 우러나온다. '복더위에 민어탕이
일품'이라며 보양식으로 챙겨 먹는다.

5. 민어찜

삼계탕과 쌍벽을 이루는
초복 보양식 민어찜.

4. 민어 부레

고소한 지방 맛과 부드럽고도 쫄깃함이 일품인
민어 부레. '민어가 천 냥이면 부레가 구백
냥'이라는 말이 괜히 생긴 게 아니다.

TIP!

시장에 종종 들어오는 '겨울 민어'는 가격도 저렴하며, 맛도 여름 민어 못지않다!

입이 가장 작은 물고기, 병어

어시장에서 흔히 볼 수 있는 병어. 따뜻한 물을 좋아해 겨울이면 남쪽 바다로 내려가고, 봄이 되면 서해와 남해로 올라온다. 바닷속에서는 무리 지어 살며 작은 갯지렁이, 젓새우, 플랑크톤, 해파리 등을 잡아먹는다.

병어는 맛이 좋고 뼈가 연해서 회나 구이나 국에 모두 좋은 생선이군.

정약전, 『자산어보』

머리 쪽 경사가 심하고 입이 매우 작다.

꼬리지느러미는 가위처럼 생겼다.

가슴지느러미가 잘 발달해 있다.

몸은 옆으로 몹시 납작하고 몸빛은 전체적으로 청색과 은색이다.

좋아보이는 이름은 다 내꺼~!!!!

← 20~60Cm →

'덕대'라는 물고기는 병어와 너무도 닮아 자주 혼동된다. 게다가 시장에서는 병어와 덕대를 각각 '덕자'와 '병어'로 부르며 거꾸로 취급하고 있다.

'병어돔'이라는 이름으로 팔리는 생선은 병어도 돔도 아닌 '무점매가리'라는 중국산 양식 생선이다. 주의할 것!

덕대

꼬리지느러미 중 아래꼬리가 위꼬리보다 긴 것이 덕대. 병어의 꼬리지느러미 길이는 거의 비슷하다. 두 종 모두 최대 60cm까지 성장하기에 크기로 구분하는 것은 큰 의미가 없다. 확실한 방법은 머리의 파상주름을 확인하는 것!

병어의 파상주름은 그 범위가 넓은 반면

덕대의 파상주름의 범위는 매우 좁다.

맛있는 병어요리 TOP3

5~8월경 산란을 위해 가까운 펄로 올라온 병어들, 살이 통통하게 오른 병어는 어떻게 먹는 게 맛있을까? 특히 목포에서 병어요리는 목포 9미(味) 중 하나로 꼽힌다. 병어는 무와 함께 먹을 때 소화흡수율이 높아져 궁합이 잘 맞는 것으로 알려져 있다.

> 매년 여름, 신안에서는 날 위한 축제가 열리기도 했지!

1. 병어회 (병치회)

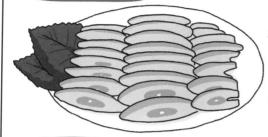

제철을 맞은 병어회는 단단한 살에 윤기가 흐른다. 비린내가 나지 않으며 달고 고소한 맛이 난다. 작은 병어는 뼈째 썰어 먹기도 한다. 막 잡은 병어를 살짝 얼려 먹으면 그 맛이 일품! 배춧잎에 병어, 마늘 등을 된장과 함께 싸먹고, 막걸리 한 사발~!

2. 병어조림

갖은양념을 부어가며 조린 병어살은 매우 부드럽다. 감자와 함께 조리면 더욱 고소하고 부드러운 맛을 느낄 수 있다.

3. 병어감정

고추장을 풀어서 국물을 적게 해 끓인 찌개를 '감정'이라고 한다. 병어감정은 병어를 살만 떠서 국물에 고추장, 파, 마늘 등의 양념을 넣어 끓인 것. 밥에 얹어 상추에 싸 먹으면 별미이다.

TIP!

> 병어(덕자병어)는 주로 조림이 어울리고, 덕대(방언 참병어, 입병어)는 횟감으로 딱이다!

노란
보물을 품은,
성게

한국에는 약 30종 정도가 서식하며 그중 보라성게가 많이 채취되는 편이다. 젓갈이나 술안주로 인기가 좋다. '성게'라고도 하고, '밤송이조개'라고도 하고, '구살'(제주도)이라고도 하는 등 이름이 다양하다. 주로 해조류나 바위에 붙어 사는 생물을 잡아먹는다.

동그란 공 모양이고 팔이 없다.

몸의 앞뒤에 방향성은 없으나, 상하의 구별은 있다. 윗부분 중앙엔 항문, 아랫부분 중앙에는 입이 있다.

가시에는 감각기능이 있다. 가시 사이에는 빨판이 붙어 있는 관족이 뻗어 나와 있다. 이동 시 가시와 관족을 모두 사용한다.

← 5~10cm →

성게의 종류

이름 그대로 독이 있어서 가시에 찔리면 붓고 아프다.

우리가 주로 먹는 성게는 보라성게.

말똥성게

보라성게 ← 닮았다! → 둥근성게

아열대에 서식하는 독성게

성게를 쪼개면 이런 모양!

성게 알? 우니?
정말 '알'이 맞을까?

우리가 아는 '성게알'.
실제로는 산란을 위한 기관인
정소와 난소이다. 수컷의
정자주머니 정소와 암컷이 알을
만드는 난소. 이 두 개를 통틀어
'성게알'로 통용되고 있으나 정확한
명칭은 '성게 생식소'이다.

성게 생식소는 약하기
때문에 살살 다뤄야 한다!
차고 깨끗한 바닷물에
성게 생식소를 살살 흔들어
헹궈내면 끝!

취급주의

다양한 성게 생식소 요리

우니동

성게알 군함말이

성게알 파스타

성게알 소바

TIP!

국산 보라성게는 5~8월, 국산 말똥성게는 11~1월이 제철이다. 그 외엔 수입산 성게가 낫다.

오징어 구조

오징어는 전 세계적으로 450~500종,
우리나라 연안에는 8종이 살고 있다. 몸은 몸통·머리·다리의 3부분으로 이루어진다.
지느러미와 외투를 포함한 몸통부 / 눈과 입이 있는 머리부 / 2개의 촉완을 포함한
총 10개의 다리를 가진 다리부.

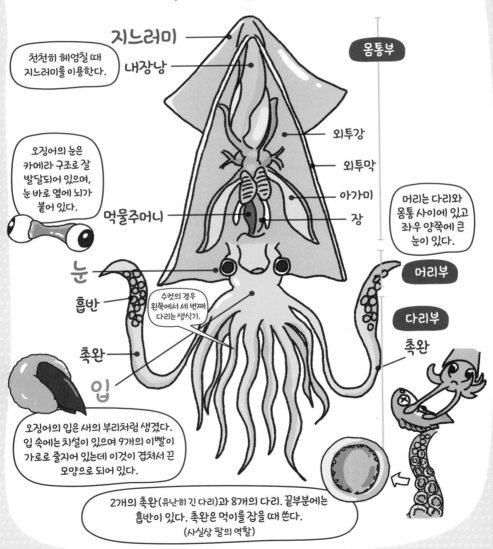

지느러미

천천히 헤엄칠 때
지느러미를 이용한다.

내장낭

몸통부

오징어의 눈은
카메라 구조로 잘
발달되어 있으며,
눈 바로 옆에 뇌가
붙어 있다.

외투강

외투막

아가미

먹물주머니

머리는 다리와
몸통 사이에 있고
좌우 양쪽에 큰
눈이 있다.

장

눈

흡반

수컷의 경우
왼쪽에서 세 번째
다리는 생식기.

머리부

다리부

촉완

촉완

입

오징어의 입은 새의 부리처럼 생겼다.
입 속에는 치설이 있으며 9개의 이빨이
가로로 줄지어 있는데 이것이 겹쳐서 끈
모양으로 되어 있다.

2개의 촉완(유난히 긴 다리)과 8개의 다리. 끝부분에는
흡반이 있다. 촉완은 먹이를 잡을 때 쓴다.
(사실상 팔의 역할)

오징어 특징

오징어는 오적어(烏賊魚)라고도 한다.
왜 이런 이름이 붙었을까? 『자산어보』에 따르면
오징어가 물 위에 죽은 척하고 떠 있다가 까마귀가
덤빌 때 재빨리 다리로 감아 물속으로
끌고 들어간다 하여 지은 이름이라고 한다.

까아악!!
낚여버렸다!

오징어는 두족류!
다리가 머리에 달린 생물!
갑오징어목, 오징어목, 문어목으로
분류할 수 있다.

오징어의 위기 상황!

순식간에 몸의 색깔을 바꿔
상대방을 위협하거나, 몸속에 물을
머금었다가 순간적으로 뿜어내는
제트추진 방식으로 위기를 벗어난다.
(깔때기에서 뿜어낸다)

오징어의
먹물?

먹물은 시각적인 혼란을 주는
것뿐만 아니라 포식자의 후각을
마비시키는 화학 성분이 있다!

도망은 스피드가 생명!!

오징어 먹물을 가지고 글씨를 쓸 수도 있다.
처음에는 일반 먹물보다 광택이 나고 진하지만
시간이 지나면 말라붙은 먹물이 종이에서 떨어져
나가 글씨가 사라져 버린다. 그래서 믿지 못할
약속이나 지켜지지 않는 약속을 말할 때 '오적어
묵계(烏賊魚 墨契)'라는 말을 쓴다.

오징어는 밝은 불빛을 좋아하는
추광성 동물이다.
오징어잡이 배가 밝은 이유!

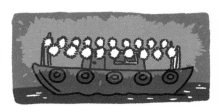

한국인이 사랑하는 수산물, 살오징어

우리나라 전 연안에 서식하고 있지만 주로 겨울철 동해 연안에서 많이 어획되는 가장 대표적인 오징어류.국, 볶음, 순대, 숙회, 안주 등 우리가 식용으로 하는 대부분의 오징어가 살오징어이다. 옛 문헌에 따르면 조상들은 이 살오징어를 꼴뚜기로 불렀다.

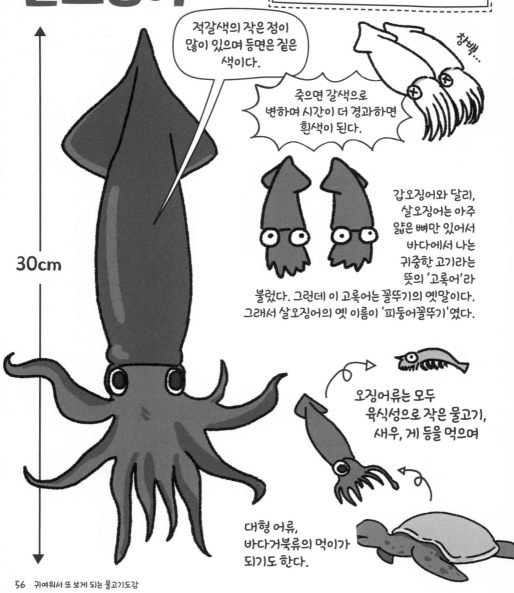

적갈색의 작은 점이 많이 있으며 등면은 짙은 색이다.

창배...

죽으면 갈색으로 변하며 시간이 더 경과하면 흰색이 된다.

30cm

갑오징어와 달리, 살오징어는 아주 얇은 뼈만 있어서 바다에서 나는 귀중한 고기라는 뜻의 '고록어'라 불렀다. 그런데 이 고록어는 꼴뚜기의 옛말이다. 그래서 살오징어의 옛 이름이 '피둥어꼴뚜기'였다.

오징어류는 모두 육식성으로 작은 물고기, 새우, 게 등을 먹으며

대형 어류, 바다거북류의 먹이가 되기도 한다.

독보적인 맛과 식감, 흰오징어 (무늬오징어)

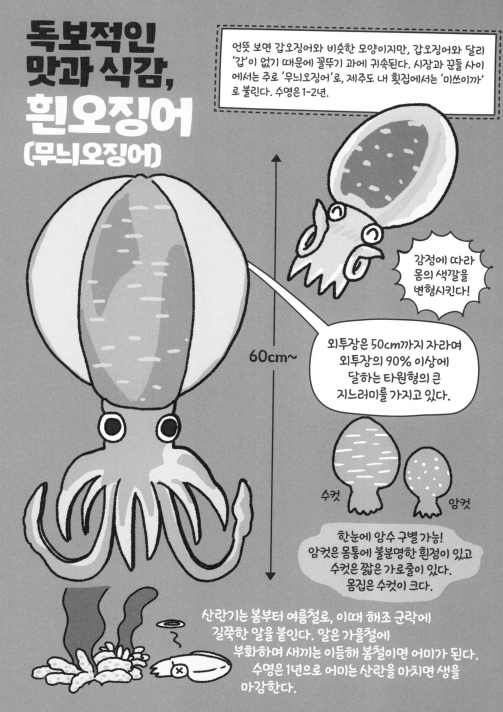

언뜻 보면 갑오징어와 비슷한 모양이지만, 갑오징어와 달리 '갑'이 없기 때문에 꼴뚜기 과에 귀속된다. 시장과 꾼들 사이에서는 주로 '무늬오징어'로, 제주도 내 횟집에서는 '미쓰이까'로 불린다. 수명은 1-2년.

감정에 따라 몸의 색깔을 변형시킨다!

60cm~

외투장은 50cm까지 자라며 외투장의 90% 이상에 달하는 타원형의 큰 지느러미를 가지고 있다.

수컷   암컷

한눈에 암수 구별 가능! 암컷은 몸통에 불분명한 흰점이 있고 수컷은 짧은 가로줄이 있다. 몸집은 수컷이 크다.

산란기는 봄부터 여름철로, 이때 해조 군락에 길쭉한 알을 붙인다. 알은 가을철에 부화하며 새끼는 이듬해 봄철이면 어미가 된다. 수명은 1년으로 어미는 산란을 마치면 생을 마감한다.

숏다리입니다,
창오징어
(한치)

정확한 이름은 '창꼴뚜기'이다. (꼴뚜기는 아주 작은 두족류로 인식되고 있으나 사실 갑오징어와 빨간오징어를 제외한 나머지는 꼴뚜기과에 속한다) 여름에 제주 해역에서 많이 잡힌다.

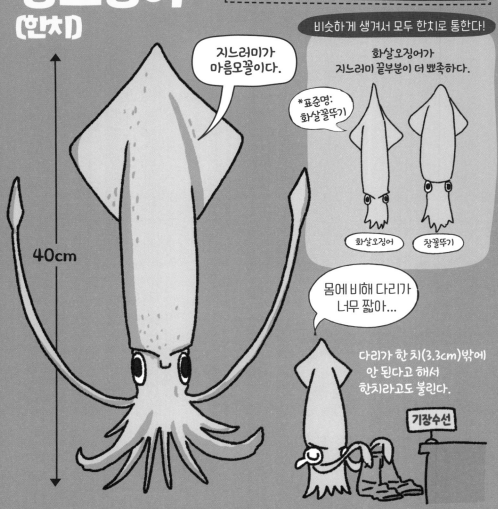

지느러미가 마름모꼴이다.

비슷하게 생겨서 모두 한치로 통한다!

화살오징어가 지느러미 끝부분이 더 뾰족하다.

*표준명: 화살꼴뚜기

화살오징어

창꼴뚜기

40cm

몸에 비해 다리가 너무 짧아...

다리가 한 치(3.3cm)밖에 안 된다고 해서 한치라고도 불린다.

기장수선

한치는 맛있어

연하고 부드러워서 일반 오징어보다 비싸고 귀한 고급 품종으로 분류된다. 날 것으로는 물회 등 횟감으로, 말린 것은 오징어 보다 살이 부드럽고 색깔도 흰 편이라 술안주용으로 인기가 있다.

고급 오징어, 화살오징어 (동해 한치)

창오징어(창꼴뚜기)와 함께 '한치'라는 별명을 가졌다. 창오징어가 제주도와 남해안 일대에서 많이 잡힌다면, 화살오징어는 부산을 비롯해 동해 울진, 후포 쪽으로 회유하는 것으로 알려져 있다.

마름모꼴의 지느러미는 세로로 길며, 외투장의 60% 전후.

비슷 비슷

창오징어

화살오징어

60cm

촉완이 짧은 편.

3~4월 즈음 울진 일대에서 낚시로만 잡히기 때문에, 낚시인들 사이에서만 그 맛이 전해지는 고급 오징어다.

오징어 집안 중 가장 뼈대 있는 집안, 갑오징어 (참갑오징어)

오징어라는 이름이 붙은 종 중에 유일하게 갑을 가진 오징어. 따라서 빨간 오징어와 꼴뚜기 그 어디에도 속하지 않아 갑오징어라는 독특한 분류 안에 속한다.
부드러운 식감과 감칠맛을 가진 값비싼 고급 오징어. 주로 서해와 남해(여수)에 대량 서식하며, 제철은 산란기인 봄과 가을 두 차례이다. [4월~6월(씨알이 굵게 낚인다), 8월~11월(씨알이 잔 편이다)]

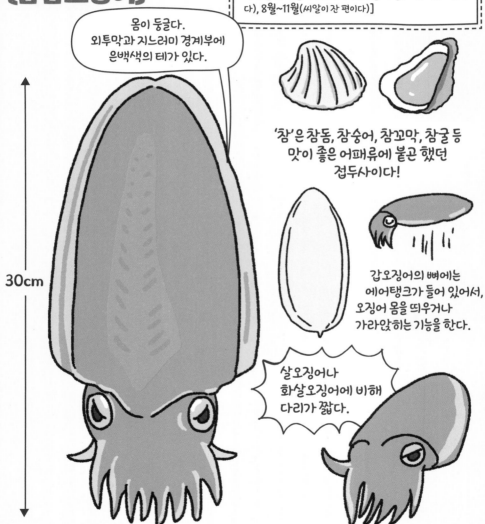

몸이 둥글다.
외투막과 지느러미 경계부에 은백색의 테가 있다.

'참'은 참돔, 참숭어, 참꼬막, 참굴 등 맛이 좋은 어패류에 붙곤 했던 접두사이다!

갑오징어의 뼈에는 에어탱크가 들어 있어서, 오징어 몸을 띄우거나 가라앉히는 기능을 한다.

30cm

살오징어나 화살오징어에 비해 다리가 짧다.

운동을 싫어하는 귀요미 오징어, 반원니꼴뚜기
(호래기, 왜오징어)

우리가 흔히 알고 있는 꼴뚜기로 경상도에선 '호래기', 전라도에선 '고록'이라고 부른다. 11월부터 1월까지가 제일 맛있는 시기다. 야행성으로 밤에만 잡히며 소형 저인망으로 잡지만, 낚시로도 잡혀 겨울철 낚시인들에게 인기 있는 어종이다.

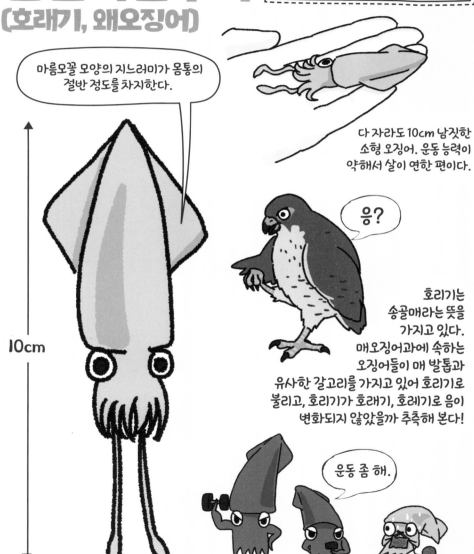

마름모꼴 모양의 지느러미가 몸통의 절반 정도를 차지한다.

다 자라도 10cm 남짓한 소형 오징어. 운동 능력이 약해서 살이 연한 편이다.

응?

10cm

호리기는 송골매라는 뜻을 가지고 있다. 매오징어과에 속하는 오징어들이 매 발톱과 유사한 갈고리를 가지고 있어 호리기로 불리고, 호리기가 호래기, 호레기로 음이 변화되지 않았을까 추측해 본다!

운동 좀 해.

꼬마오징어와
대왕오징어

오징어 친구들은 모두 바다에서 살며 연안에서 심해까지 살고 있다.

농구공만 한 크기의 두 눈은 지름이
30~40cm에 달한다.

웅장하다!

작다..!

대왕오징어는 촉완을 포함하여
20m에 이르는 것도 있다!

꼬마오징어는 몸 길이가
2.5cm로 가장 작은
오징어이다.

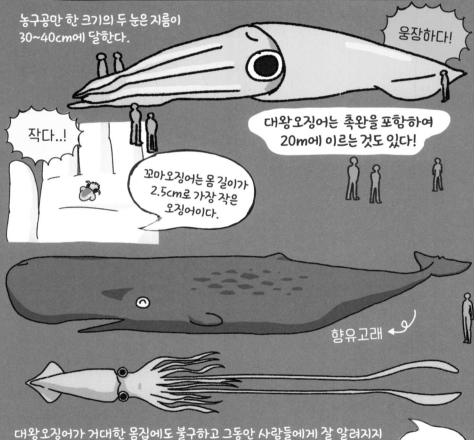

향유고래

대왕오징어가 거대한 몸집에도 불구하고 그동안 사람들에게 잘 알려지지
않은 것은 주로 수심 600~1,500m의 심해에서 살기 때문이다.
대왕오징어는 주변 온도가 높아지면 혈액의 산소 전달력이 떨어져, 햇빛에
노출되어 따뜻해진 해수면에서는 생존이 어렵다. 또 몸집이 클수록 몸의 산소
요구량이 많아지기 때문에 더욱 해수면 가까이에 올라오지 않는 것이다!

꼬마오징어
(안 보임)

오징어 먹기

오징어류는 물고기와 달리, 산란하는 시기가 곧 제철이다.
산란이 임박한 오징어는 상대적으로 육이 무르고 질기지 않아 부드러운 식감을 갖게 된다.
(바닷물고기는 산란 전 지방이 끼었을 때가 제철이며 산란철이 되면 육이 물러진다.)

1. 오징어회

탱글탱글
담백한 맛

2. 갑오징어회
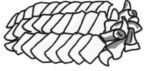
오독오독
씹히는 맛

3. 한치 회

입안에 착착
감기는 맛

4. 오징어 볶음국수
매콤쫄깃,
호로록!

5. 오징어 버터 구이

버터 바른 오징어를
에어프라이어에!

6. 오징어순대
내장을 제거한 오징어 몸통에
꽉꽉 채운 찹쌀밥

TIP!

활오징어는 여름부터 가을까지가 가장 저렴하다. 싱싱한 선어 오징어를 고를 땐 초콜릿색을
고르자!

바다의 청소부, 먹장어 (곰장어)

먹장어라는 이름은 '눈이 먼 장어'라서 붙은 이름이다. 가죽을 벗겨내도 한참 동안 살아서 꼼지락거리기 때문에, 곰(꼼)장어라는 별명도 생겼다. 먹장어의 껍질은 질기고 부드러워서 과거엔 지갑이나 가방의 재료로 쓰였다. 야행성이라 낮에는 바닥 속에 들어가 있다가 밤에 나와서 먹이를 찾는다. 흡반처럼 생긴 입을 이용해 물고기나 오징어의 살과 내장을 녹여 빨아먹는다.

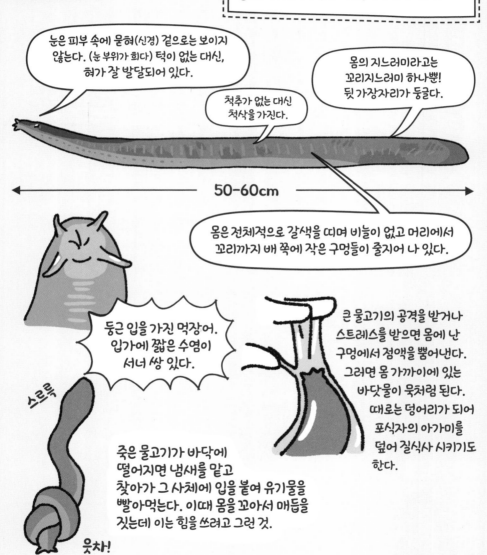

눈은 피부 속에 묻혀(신경) 겉으로는 보이지 않는다. (눈 부위가 희다) 턱이 없는 대신, 혀가 잘 발달되어 있다.

척추가 없는 대신 척삭을 가진다.

몸의 지느러미라고는 꼬리지느러미 하나뿐! 뒷 가장자리가 둥글다.

50-60cm

몸은 전체적으로 갈색을 띠며 비늘이 없고 머리에서 꼬리까지 배 쪽에 작은 구멍들이 줄지어 나 있다.

둥근 입을 가진 먹장어. 입가에 짧은 수염이 서너 쌍 있다.

스르륵

큰 물고기의 공격을 받거나 스트레스를 받으면 몸에 난 구멍에서 점액을 뿜어낸다. 그러면 몸 가까이에 있는 바닷물이 묵처럼 된다. 때로는 덩어리가 되어 포식자의 아가미를 덮어 질식사 시키기도 한다.

죽은 물고기가 바닥에 떨어지면 냄새를 맡고 찾아가 그 사체에 입을 붙여 유기물을 빨아먹는다. 이때 몸을 꼬아서 매듭을 짓는데 이는 힘을 쓰려고 그런 것.

웃차!

개처럼 (?) 물어서, 갯장어

바다에서만 사는 장어. 바다를 뜻하는 '갯'이 붙어 '갯장어'가 됐다. 별명이 여러 개 있다. 그중에 '하모'는 일본어로 '물다'의 뜻 '하무'에서 온 이름으로 아무것이나 잘 무는 갯장어 버릇을 빗대어 지은 이름이다. '이빨장어'라는 이름은 이빨이 날카로워서, '참장어'는 맛이 좋아서 붙은 별명이다.

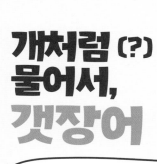

주둥이가 삼각형 모양으로 길고 입이 크다. 양턱에 날카로운 이빨이 2줄 나있다.

모든 지느러미가 검다.

먹장어와 달리 턱뼈와 척추가 있는 경골어류.

← 60-200cm →

입 앞쪽에 억세고 긴 송곳니가 솟아있다. 만약 물리기라도 하면 구멍이 날 수도 있다...

내 입에 손가락을 넣는 순간 큰일 나는 것이여..

갯장어의 주둥이는 뾰족하다.

갯장어 피에는 이크티오헤모톡신이 있어서 횟감은 물에 깨끗이 씻어내야 한다.

뾰족

나도 뭍으로 놀러 가고 싶어ㅠㅠ

바다의 갱, 붕장어 (아나고)

붕장어는 일본어로 '아나고(穴子)'라고 부른다. 모래 바닥을 뚫고 들어가는 습성 때문에 '구멍 혈(穴)'자가 붙었다. 붕장어 피에는 독(이크티오헤모톡신)이 들어있으므로 붕장어를 횟감으로 손질할 때는 물에 깨끗이 씻어 핏기를 꼭 빼주어야 한다.

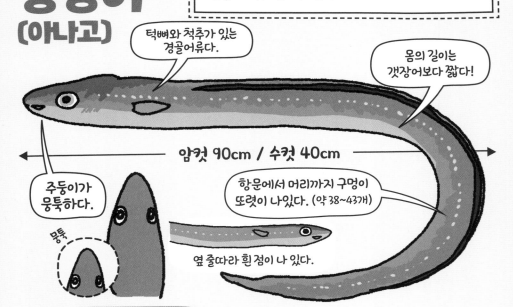

턱뼈와 척추가 있는 경골어류다.

몸의 길이는 갯장어보다 짧다!

암컷 90cm / 수컷 40cm

주둥이가 뭉툭하다.

뭉툭

항문에서 머리까지 구멍이 또렷이 나있다. (약 38~43개)

옆 줄따라 흰 점이 나 있다.

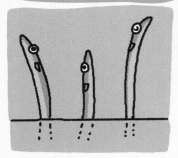

알에서 부화한 유생기의 붕장어는 투명하고 버드나무 잎과 같은 모양으로 성체를 전혀 닮지 않았다.

낮에는 모래 속에 몸을 숨기고 있다.

야! 너 맛있어 보인다!!

'바다의 갱'이라는 별명이 붙은 이유는 밤이 되면 돌아다니며 먹이 사냥을 하기 때문이다.

독이 있는 장어, 뱀장어 (민물장어)

장어류 가운데 유일하게 바다와 강을 오가는 종이다. 뱀장어는 유생기 때 민물에서 5~12년간 생활하다가 성숙되면 8~10월에 바다로 나가 산란한다. 자신이 태어난 수심 2,000~3,000m의 심해에 다다른 뱀장어는 알을 낳고 수정을 마친 후 생을 마감하는 것으로 알려져 있다.

턱뼈와 척추가 있는 경골어류다.

등지느러미가 가슴 지느러미보다 훨씬 뒤쪽에서 시작한다.

나랑 반대네!

연어

뱀장어의 피에는 이크티오헤모톡신뿐 아니라 아나필락시스라는 혈청독이 있어 회로 섭취할 수 없다.

← 100cm →

뱀장어의 생애

뱀장어 치어는 '실뱀장어'라 한다. 실처럼 가늘고 마리당 3~5천 원 정도에 거래된다.

난류를 타고 북상한 실뱀장어는 한국과 중국, 일본의 각 하천으로 거슬러 올라가다 일부는 자연산 성체로, 일부는 포획돼 양식으로 길러진다.

뱀장어를 손질하기 전 전기 충격기로 기절을 시킨다.

너무나도 큰 장어, 무태장어

무태(無太)는 무슨 뜻일까? 無太나 無泰는 '매우 크다'는 의미! 즉, '이보다 큰(太/泰) 장어가 없을(無) 것'이라는 뜻! ('무태상어' 또한 상어 중에서도 엄청 큰 상어를 일컫는다.) 한때 국내에서는 천연기념물로 정해 보호하기도 했다.

몸빛이 누렇고 등에 까만 점무늬가 있다.

뭐야 낮인데 왜 돌아다녀...

다른 장어들과 달리 낮에도 먹이 활동이 활발하고, 먹성이 좋아(?) 작은 물고기나 개구리 등을 닥치는 대로 먹는다.

정말 크다!

아래턱이 위턱보다 튀어나왔다.

← 1~2m →

최근에는 양식이 되어 식당으로 유통되며, 무태장어의 학명인 '말모라타'라 불리기도 한다.

바다의 흡혈귀, 칠성장어

몸에 일곱 개의 구멍이 있어서 칠성장어(七星長魚). 이 구멍은 숨을 쉬는 아가미구멍이다. 다른 물고기와 달리 턱이 없고, 몸 옆의 아가미구멍 때문에 원시적인 형태의 물고기로 분류된다. 알에서 깨어난 유생은 '애머시이트'라 하는데, 주로 강바닥의 진흙 속에서 유기물이나 조류를 걸러 먹는다. 몸이 커지면 바다로 내려가 다른 물고기의 몸에 빨판을 붙여 영양분을 빨아 먹고산다.

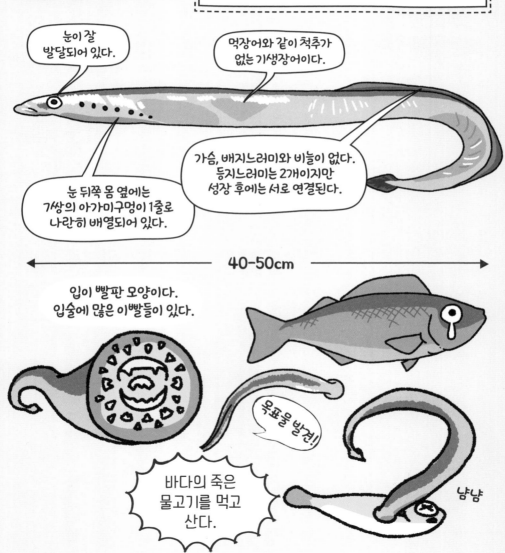

눈이 잘 발달되어 있다.

먹장어와 같이 척추가 없는 기생장어이다.

눈 뒤쪽 몸 옆에는 7쌍의 아가미구멍이 1줄로 나란히 배열되어 있다.

가슴, 배지느러미와 비늘이 없다. 등지느러미는 2개이지만 성장 후에는 서로 연결된다.

40-50cm

입이 빨판 모양이다. 입술에 많은 이빨들이 있다.

목표물 발견!

바다의 죽은 물고기를 먹고 산다.

냠냠

장어를 맛있게 먹어보자!

여름이 제철이며 보양식으로 즐겨 먹는,
스태미나의 원천 장어!

1. 갯장어 회

갯장어는 회나
샤부샤부로 즐긴다.
고단백 식품이라 체력
보충에 좋다. 신선할수록
분홍빛이 난다. 잔가시가
많아 세밀하게 칼집을 낸
뒤 뼈째 먹는다.

2. 먹장어(곰장어) 구이

까맣게
탄 껍질을 벗기고
하얀 속살을 까먹으면
꼼장어 특유의 오독오독 탱글탱글한 식감을
느낄 수 있다.

3. 민물장어 소금구이

탱글탱글한 장어의 맛을
구이로! 생강, 파 절임,
백김치, 쌈 채소를
기호에 맞게
곁들여 먹는다.

4. 붕장어 양념구이

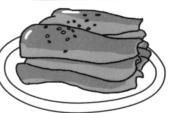

장어구이 덮밥

색다른 보양식을
즐기고 싶을 때!
더위에 지친
몸, 잃어버린
입맛 모두 회복되는
원기회복 장어구이
덮밥.

고추장, 고춧가루, 물엿 등으로 만든
양념을 초벌 해놓은 장어에 발라
한 번 더 구우면 색다른 장어의
맛을 느낄 수 있다.

※ 주의
장어를 먹은 뒤에 후식으로 복숭아를 먹으면 안 된다.
장어와 복숭아는 상극 음식, 설사를 유발할 수 있다.

TIP!

붕장어회는 작은 것이 좋고, 구이용은 큰 것이 좋다. 곰장어 양념구이는 저렴한 미국산이
가성비가 좋지만, 짚불구이는 국산의 맛을 따라올 수 없다.

칼을 닮은 물고기, 갈치

몸이 마치 칼처럼 생겼다고 해서 붙은 이름, 갈치. (옛날엔 칼을 갈이라고 불렀다.) 식욕이 왕성하고 이빨이 날카로워 멸치부터 오징어, 새우까지 닥치는 대로 마구 먹는다. 심지어 같은 갈치끼리 잡아먹기도 하고 놀랍게도 자기 꼬리까지 잘라먹는다! 갈치는 비타민과 필수 아미노산이 풍부해 피로 해소에 효과가 있다. 또, 풍부한 칼슘이 어린이의 성장발육은 물론, 성인의 골다공증 예방에도 도움을 준다.

배고파

등지느러미가 꼬리까지 길게 이어지고, 꼬리지느러미와 배지느러미는 없다.

1m

눈이 크고, 아래턱이 위 턱보다 튀어나왔다. 이빨은 송곳처럼 날카롭다.

비늘이 없고 은빛을 내는 은분이 온몸을 덮고 있다.

동족을 잡아먹기 때문에, 갈치 낚시의 미끼로 활용되기도 한다.

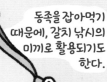

아니, 저는 원래 옆으로 간다니까요?

갈치는 옆으로 헤엄친다.

서 있는 물고기! 일본어로는 다치오!

몸의 은빛 가루를 긁어모아서 가짜 진주의 광택을 내거나 화장품을 만든다.

몸을 세우고 헤엄친다. 하늘을 쳐다보며 꼿꼿이 선 채로 물결처럼 움직이며 잠도 잔다.

갈치 손질하기

갓 잡은 갈치를 손으로 만지면 비늘 대신 은색 가루가 묻어난다. 이것은 구아닌이라는 유기염기인데, 선도 저하가 빠르므로 섭취에 유의해야 한다. 특히 회로 먹을 때! (열을 가하면 괜찮다)

요즘은 대부분 칼로 긁어내지만 시골에서는 호박잎으로 박박 문질러 벗기기도 한다!

갈치 잘 고르는 방법

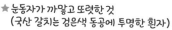

갈치 모델!

★ 눈동자가 까맣고 또렷한 것
  (국산 갈치는 검은색 동공에 투명한 흰자)
★ 몸통의 은분이 벗겨져 있지 않으며 고른 것
★ 길이보다는 단면의 두께가 두꺼운 것
★ 등지느러미가 투명하고 촉촉한 것

어른 손바닥을 펼친 너비만큼 큰 갈치가 살이 두껍고 맛이 좋다.
같은 길이, 비슷한 너비라면 두께가 두꺼운 갈치를 선택하자.

손가락 3개
만큼의 크기:
3지 갈치

손가락 4개
만큼의 크기:
4지갈치

맛있는 갈치요리 TOP 4

갈치는 비타민과 필수 아미노산이 풍부하여 피로 해소와 식욕 증진에 도움을 준다.
또, 칼슘이 풍부해 어린이의 성장발육은 물론, 성인의 골다공증 예방에도 효과가 있다.

2. 갈치 구이

토막 낸 갈치에 소금을 뿌려
간을 한다. 팬에 식용유를 두르고
달군 팬에 노릇노릇하게 구워낸다.
갈치 가시 바르는 방법을 익혀 놓으면
버리는 것 없이 깨끗하게 먹을 수 있다.

1. 갈치회

갓 잡은 갈치를 얼음을 띄운 차가운 바닷물에
냉장한 후 숙성해 썰어낸 갈치회. 11월은 유독
큰 갈치가 많이 잡히는 달이다. 은갈치회는
여름~겨울에 맛볼 수 있는 별미다. (기름지고 맛이
좋을 때: 7~11월)

3. 갈치 조림

토막썰기 해놓은
갈치에 무, 대파, 양파
등과 함께 매콤하게
조린 음식. 갈치를
냄비에서 꺼낼 때는 살이
부서지지 않도록 조심하자!

4. 갈치 속젓

싱싱한 갈치의 내장을 소금에 버무려 속젓을 만든다.
먹을 때는 잘 숙성된 갈치속젓에 풋고추, 고춧가루, 다진 마늘,
참기름, 깨소금 등을 넣고 무친다. 주로 남쪽 지방에서 먹던
음식이지만 최근에는 전국 고깃집에서 쌈장으로 제공하기도 한다.

TIP!

갈치의 은분은 싱싱할 때 회와 구이 어느 쪽이든 먹어도 된다. 하지만 조금이라도 신선도가
떨어지면 긁어내야 한다.

CHAPTER 3. 가을의 바다 **73**

악성 루머에 시달리는 인기스타, 개복치

단단한 뼈를 가진 경골어류 중 가장 큰 생물이다. 개복치가 주인공인 한 게임에서 툭하면 돌연사 하는 모습으로 그려졌는데 사람들이 이 설정을 사실로 받아들이며 예민함의 아이콘이 되었다.

사실 예민한 어종이긴 하다. (서식 환경에 예민한 타입)

눈과 입 모두 작다. 이빨은 새의 부리 모양으로 매우 단단하다.

나는 쐐기개복치

그렇다면 가장 큰 물고기는? 바로 고래상어!(연골어류)

2~4m

이래 봐도 물렁뼈랍니다.

한 번에 무려 3억 개의 알을 낳는다!

바다 표면에 떠서 일광욕하는 모습이 팔자 좋아 보이기도 한다.

넘실   넘실

주식은 해파리인데

비닐봉지를 해파리로 착각해 질식사하기도 한다.

개복치를 맛있게 먹어보자!

세계적으로 개복치를 먹는 나라는 몇 안 된다.
우리나라에서는 경북 포항이 개복치의 명소.

개복치의 흰 살은 데치면 묵처럼 변하는데
초고추장을 찍어 먹거나 무침으로 먹는다.

포항의 대표음식인
물회로도 만들어 먹는다.

개복치 자체가 별미이나,
그중에서도 백미는 단연 대창이다!

껍질은 수육으로 먹는다.
복어 껍질처럼 쫄깃하다.

양념한 대창을 구워 먹으면
특유의 탄력 있는 식감이 최고다!

TIP!

개복치는 속초, 포항 등 동해 일부 지역에서만 맛볼 수 있는 별미다. 겨울부터 봄 사이 가장
많이 잡힌다.

바다의 보리, 고등어

등이 위로 둥근 모양이어서 고등어로 불렸다. 고등어 새끼는 '고도리'라고 한다. 따뜻한 바다를 좋아해 수온이 올라가면 서해와 동해의 북쪽까지 올라가고, 수온이 내려가면 따뜻한 남쪽으로 이동하여 겨울을 보낸다.

오메가-3 지방산이 풍부한 고등어는 혈액을 깨끗하게 해준다. 가을이 되면 지질이 20%나 되어 맛이 좋다.

세계 이곳저곳 서식지의 분포가 넓고 보리처럼 고영양(비타민, 철, 오메가-3 등)에 저렴해서 서민들에게 친근한 생선이다. 성장기 아이나 수험생에게 매우 좋다.

3년 연속 한국인이 가장 좋아하는 수산물이었던 고등어, 고등어를 더 자세히 들여다보자!

고등어는 바다의 위쪽에 살기 때문에 강한 수압의 영향을 받지 않는다.
바다 깊이 사는 심해어보다 육질이 연하고 부패하기 쉽다.

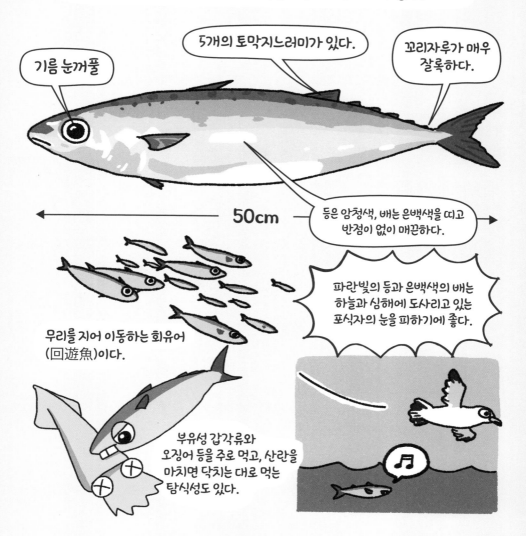

기름 눈꺼풀

5개의 토막지느러미가 있다.

꼬리자루가 매우 잘록하다.

50cm

등은 암청색, 배는 은백색을 띠고 반점이 없이 매끈하다.

무리를 지어 이동하는 회유어 (回遊魚)이다.

파란빛의 등과 은백색의 배는 하늘과 심해에 도사리고 있는 포식자의 눈을 피하기에 좋다.

부유성 갑각류와 오징어 등을 주로 먹고, 산란을 마치면 닥치는 대로 먹는 탐식성도 있다.

망치고등어와 고등어의 차이점

망치고등어는 배에 반점이 있고,
고등어의 배에는 무늬가 없다.
겨울이 제철인 고등어와 달리 망치고등어는
여름~가을이 제철이다.

고등어

배에 반점이 있는
망치고등어

망치고등어

신선한 고등어 고르는 방법

살이 단단한 것, 등이 푸르고 윤기가 나는 것,
배는 반질반질 광택이 나는 것, 눈알이 선명한 것.

팔딱팔딱

주의!
겉은 멀쩡해 보여도 내장에 있는 효소로 인해 부패가 진
행되고 있을 수도 있다. 아가미 속이 붉지 않고 암갈색이
며, 배를 눌렀을 때 항문에서 즙액이나 내장이 밀려나
면 신선하지 않은 고등어이다.

고등어의 음식 궁합

고등어는 강한 산성을 가지고 있으므로 채소와
곁들여 먹는 것이 좋다. 채소 중에서도 무가
고등어와 궁합이 잘 맞는데, 그 이유는 무가 지닌
매운 성분(이소시아네이트)이 고등어의 비린내를
없애주기 때문이다.

고등어를 맛있게 먹어보자!

고등어는 등보다는 뱃살 쪽이 지방함량이
많아 더 맛있다.

1. 고등어 회

등푸른 생선의 기름에서 오는 색다른 감칠맛.
상추, 깻잎 또는 김에 양념간장을 찍은
고등어회를 싸 먹는 것도
맛있게 먹는 방법
중 하나.

2. 고등어 봉초밥(시메 보우즈시)

고등어 안에
밥 있다, 마치
김밥 같은 초밥!

3. 간고등어(자반고등어)

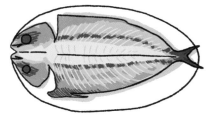

짭조름하면서 고소한 맛이 일품. 상추에
고등어구이, 밥과 마늘, 고추, 쌈장을 더해
쌈밥으로 먹으면 최고!

4. 고등어무조림과 고등어 묵은지조림

고등어와 무는
궁합이 잘
맞아요♡

푹 익은 신 김치 또는 묵은지라면 복잡한 양념장이
없어도 최고의 맛! 고춧가루와 된장을 살짝
넣으면 칼칼하면서 감칠맛 좋은 밥도둑!

안동 간잽이

5. 고등어 통조림

급할 땐 통조림으로
고등어무조림을!

고등어

TIP!

구이는 노르웨이산 고등어가, 조림은 국산 고등어가 잘 어울린다! 고등어 제철이 아닌
봄~여름은 노르웨이산 고등어가 낫다.

서민 생선의 대표주자, 꽁치

꽁치는 차가운 물을 좋아하는 동해안 물고기이다. 원래 이름은 공치였다. 아가미 근처에 구멍이 있어서 '구멍 공(孔)'에 물고기를 의미하는 '치'가 붙어서 '공치'. 공치에서 점점 꽁치로 바뀐 것으로 보인다. (정약용 「아언각비」에 기록되어 있음) 새끼일 때는 플랑크톤을 먹고, 자라면 새우나 새끼 물고기를 먹는다. 혼자 다니지 않고 떼를 지어 먹이를 찾아다닌다.

주둥이가 뾰족하고 단단하다. 주둥이 주변이 노란빛을 띠고 있으면 기름이 잘 올라 맛 좋은 꽁치!

몸은 가늘고 긴 원통형이며 등은 검푸르고 배는 하얗다.

꼬리지느러미가 갈라져 있다.

← 40cm →

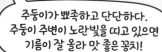

안 돼! 작고 소중한 내 비늘!

꽁치에 대한 오해!

꽁치는 비늘이 없다?? No!!!
아주 작은 비늘이 촘촘히 있다!
다만 어획 당시 서로 부대끼고 그물에 비비면서 잔 비늘이 제거되기 때문에 안 보인 것일 뿐이다. 꽁치의 비늘을 보고 싶다면 위장을 뒤져보자!
(비늘이 제거되는 과정에서 많이 먹는다고 한다)

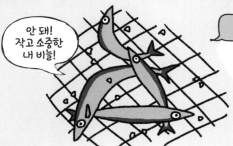

손으로 잡는 '손꽁치' 산란철이 되면 다른 물체에 몸을 비비는 꽁치의 습성을 이용한 것이다.

꽁치 알에는 가느다란 실이 있어서 바다풀에 잘 붙고 덩어리진다.

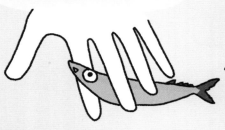

다양한 꽁치요리 TOP6

1. 꽁치회

우리가 시중에서 구매하는 꽁치는 대부분 대만 또는 원양산 냉동을 해동한 것이기 때문에 사시사철 유통된다. 싱싱한 생물 꽁치는 늦가을~겨울(10월~1월)이 제철, 횟감용 꽁치는 희귀하다.

꽁치는 활어 유통이 어렵고, 선도 저하도 빠르다. 꽁치가 잡히는 동해안 일부 지역에서만 싱싱한 꽁치가 잡혀 횟감으로 팔리지만 이것마저도 정말 순식간이다. (다금바리보다 맛보기 어렵다는 거 실화?)

2. 꽁치구이

식당에서 기본 반찬으로 자주 보는 꽁치구이. 자작하게 구운 꽁치는 맛이 좋아 남녀노소 좋아한다. 잔가시가 많으므로 잘 발라먹어야 목에 걸리지 않는다.

3. 꽁치 고추장 조림

꽁치는 비린 맛이 특히 많이 나는 생선인데 조림장을 끼얹고 나서 쌀뜨물을 부어서 함께 조리면 비린 맛이 없어진다.

4. 꽁치김밥

꽁치를 통째로 넣은 김밥! 꽁치의 가시를 빼고 살을 통째로 넣어 특별하게 즐기는 음식. 레몬즙에 재면 비린내가 나지 않는다.

5. 꽁치튀김

6. 꽁치파이

꽁치로 생선 비린내가 전혀 나지 않는 고소한 맛의 파이도 만들 수 있다. 아이들은 간식으로, 어른들은 와인 안주로 좋다.

꽁치를 3cm 길이로 자른 후 카레 파우더를 묻혀 튀긴다. 대파를 채 썰어 꽁치 튀김에 곁들이면 잘 어울린다.

잠깐 엿보는
과메기의 세계

포항은 바람이 많아 생선을 말리기에 적합하고 생선이 상할 만큼 따뜻하지도 않아 과메기 제조에 알맞은 지역이다.

꽁치는 계절에 따라 지방 함유량이 다른데, 10~11월에 20% 정도로 가장 높다. '꽁치는 서리가 내려야 제맛이 난다'라는 옛말이 틀리지 않았던 것. 꽁치를 초겨울에 잡아 얼렸다 녹였다 하면서 그늘에서 말린 것이 과메기이기 때문에 과메기는 한겨울에 제철이라 할 수 있다!

과메기라는 이름은 어디서 나왔을까?

한 선비가 한양으로 과거를 보러 먼 길을 나섰는데 한창 걷다 보니 배가 고파왔고, 아무리 가도 민가가 나오지 않았다. 문득 바닷가 언덕 위 나뭇가지에 물고기가 눈이 꿰인 채로 얼말라 있는 것을 보고 배가 고픈 김에 찢어 먹었더니 그 맛이 환상. 시간이 흐른 후에도 그 맛을 잊지 못한 선비는 겨울마다 청어나 꽁치의 눈을 꿰어 말려 먹었고 여기서 눈을 꿰었다는 의미의 관목 (貫目)이라는 말이 나왔다고 한다. 그 뒤 관목이 관메, 과메기로 바뀌었으리라 추정하고 있다.

과거를 보러 나온 사내

문득 저~기 바닷가 쪽 물고기들이 널려있는 것을 발견한다.

생선을 찢어먹고는 눈물을 흘린다.

천상의 맛!

국어사전
관목 (貫目) [관 : 목]
[명사] 말린 청어.

붉은기!

질 좋은 과메기 고르는 방법

잘 말린 과메기의 빛깔은 검은빛이 아닌 붉은 기가 돈다. (공장에서 온풍기로 말린 과메기는 다소 어둡다)

참고하세요

국내산 꽁치는 북태평양에서 잡힌 원양산에 비해 약간 작지만 기름기가 적어 담백하다. 그러나 대체로 맛은 대동소이하다.

과메기를 맛있게 먹어보자!

보통 손질된 과메기를 먹겠지만 혹 과메기를
손질해야 한다면 대가리를 떼고 얇은 비닐막 같은 껍질을 벗겨내야 한다!

먼저, 과메기 한 점을
초고추장만 찍어서
먹어보자.

혹시, 과메기가 비리다면?
과메기의 비린 맛은 건조 방식, 손질 과정
그리고 꽁치나 청어의 껍질에 있으므로, 껍질을
잘 제거해보시길~!

과메기 껍질제거 중…
꽁치 기름때문에
장갑이 다 젖어버렸다!

과메기의 맛을 충분히 음미했다면, 다른 식재료와의
조화도 맛보아야 할 터. 아기 배춧잎, 물미역이나
김에 싸서 장(간장, 된장, 초고추장)에 찍어 먹는다.

실파를 말거나 김치,
마늘종과 먹는 것도
별미다.

쫀득쫀득하면서
고소한 과메기!

여기서 잠깐!
꾸덕파 vs 진득파
당신은??

꾸덕꾸덕하게
말려   덜 말려 진득한
기름기가 빠진   진득파(해안가)
꾸덕파(수도권)

초심자라면 꾸덕으로 가세요!

미끄럽고 비릿한 냄새가 나서 처음 먹는 사람은 쉽지
않겠지만 그래도 과메기는 도전해볼 만한 가치가 있다!

TIP!

초심자일수록 바짝 말린 과메기를 선호하며, 청어보다 꽁치 선호도가 높다. 진정한
마니아는 그 반대!

갯벌의 산삼, 낙지

문어보다는 작고 주꾸미보다는 큰 낙지. 한해살이 낙지는 봄에 태어나 가을이 되면 먹을만한 크기로 성장하고, 겨울잠을 대비해 영양분을 비축한다. 주산지는 갯벌이 발달한 목포와 신안 일대이며 같은 낙지지만 지역 이름에 따라 무안낙지, 조방낙지로 불리기도 한다.

왼쪽에서 두 번째 다리는 빨판이 없고 짧은데 이것은 수컷의 생식기이다.

말라빠진 소에게 낙지 서너 마리를 먹이면 곧 강한 힘을 갖게 된다.
『자산어보』

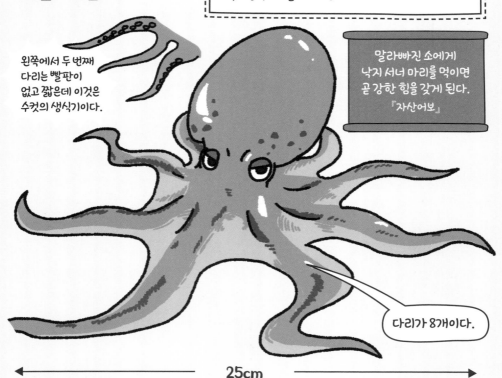

다리가 8개이다.

25cm

전남 무안 쪽의 뻘에 사는 낙지는 대부분 가늘고 어린 낙지이고 충청도 일대의 낙지는 깊은 수심에 사는 통통하고 굵은 낙지이다.

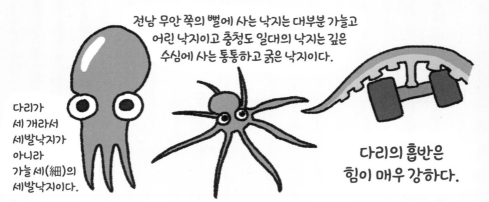

다리가 세 개라서 세발낙지가 아니라 가늘 세(細)의 세발낙지이다.

다리의 흡반은 힘이 매우 강하다.

다양한 낙지 요리!

많이 잡히는 시기는 4~5월이지만,
맛이 좋은 시기는 가을이다!
(어린 낙지가 많이 잡힘)

1.낙지탕탕이

살아있는 낙지를 소금에 문질러 깨끗하게
씻고 칼로 탕탕 내리쳐서 잘라낸 뒤
소금, 참기름, 깨소금과 함께 먹는 음식.
꿈틀대는 낙지의 싱싱함과 팔팔함이 내
몸에 그대로 흡수되는 느낌이다.

2. 낙지전골

시원하게 매콤한 맛에
스트레스는 비우고 활력
채우는 맛!

3. 연포탕

낙지와 각종 해물, 채소를 넣고 맑게
끓인 탕. 시원하게 국물을 우려내
낙지를 마지막에 넣었다 빼는 것이
맛있게 먹는 방법!
찬바람 부는 날 잘 어울린다.

4. 낙지찜

쫄깃한 낙지와 매콤한
양념이 자꾸
당기는 맛.

5. 낙곱새

낙지, 곱창, 새우, 양념장, 다진 마늘 등을 냄비에
넣고 육수를 넣어 끓인 음식. 부산에서 시작되어
수도권까지 점령한
진격의 요리.

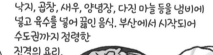

6. 낙지 호롱구이

7. 세발낙지 통마리

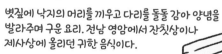

볏짚에 낙지의 머리를 끼우고 다리를 돌돌 감아 양념을
발라주며 구운 요리. 전남 영암에서 잔칫상이나
제사상에 올리던 귀한 음식이다.

산낙지를 젓가락에 돌돌
감아 한 입에 넣는다.

TIP! 낙지 고를 땐 붉거나 어두운색 회색과 연갈색보다 싱싱하다.

대한민국 대표 안줏거리, 말쥐치

쥐치라는 이름이 붙은 물고기는 무려 23종. 쥐치과 중에서 쥐포로 활용되는 것은 말쥐치이다. 1980년대 중반까지 우리나라에서 가장 많이 잡히는 어종이었다. 남해와 제주도의 어시장에서 쉽게 만날 수 있다. (따뜻한 물을 좋아함)

이렇게 납작해진다고?

쥐포가 바로 나야 나!

난 독이 없다!

쥐치는 복어목으로, 복어와 사촌이라고 생각하면 된다!

도망

쥐치는 노란색 또는 회갈색 바탕에 여러 개의 암갈색 무늬를 가지는 데 비해, 말쥐치는 몸 전체가 짙은 흑회색을 띤다. 해파리를 잡아먹기 때문에 해양 생태계를 조절하는 몇 안 되는 어류 중 하나이다.

나, 말쥐치는~

머리에 송곳 같은 가시가 있다. 이 가시 때문에 그물이 엉키곤 한다.

튀어나온 입, 뾰족한 이빨이 쥐를 닮았다고 해서 '쥐치'로 불린다. 물 밖으로 나오면 '찍찍' 쥐 소리도 낸다.

미끼만 따먹고 바늘에 잘 걸려들지 않아 '미끼도둑'이라고도 한다. 일명 '먹튀의 여왕'이다.

30~40cm

성게에게 물을 뿜어 뒤집은 다음 가시가 없는 부분을 쭉쭉 빨아먹는다.

두껍고 질긴 가죽이 있어서 성게 가시쯤은 두렵지 않아!

몸이 굉장히 납작하다.

수심 20~50m 되는 곳에서 바위 근처에 떼를 지어 산다.

평소엔 느릿느릿하지만 먹이가 포착되면 매우 빨라지는 편.

비늘 대신 가죽 같은 껍질이 있어서 한 번에 쭈-욱 벗겨진다.

9~2월이 제철

가을에 좋은 횟감인 쥐치를 먹어보자.

자연산과 양식, 맛과 식감 모두 큰 차이가 없다!

쥐치 고르는 요령! (활어 구입 시) 광택이 있고 통통하게 살이 오른 것.

(자연산)

황갈색이 선명하고 꼬리 끝에 푸른빛이 강함.

(양식)

자연산보다 크기가 작으며, 색깔로는 구별하기 어렵다.

잠깐! 수컷과 암컷의 구별 방법은?

수컷 말쥐치
체형이 날씬하다.

암컷 말쥐치
체고가 높고 비대하다.

맛은 비슷하다~

어시장, 횟집 판매 비교

어시장과 횟집 가격은 비슷비슷하다.

(어시장)
어시장에서 가격은
kg당 3~3.5만 원

(횟집)
식당에 따라
10~13만 원

쥐치 회 맛있게 먹기!

쥐치는 희고 담백한 흰 살 생선회!
쥐치 회는 식감이 단단해 마치 복어를 먹는 느낌이다.
바닥이 비칠 만큼 얇게 써는 것이 포인트!
(두꺼우면 질기고 맛이 떨어진다)
활 쥐치 회보다는 2~3시간 숙성해서 먹는 것이
감칠맛과 단맛을 느낄 수 있는 최적의 시간!

말쥐치 이렇게도 먹을 수 있다.

(쥐치튀김)

회를 썰고
남은 쥐치의 등뼈
부위로 튀김을 한다.

쥐치 간은
별미 중의 별미!

아귀 간, 홍어 애와 더불어 바다의 3대 푸아그라.
신선할 때 날 것으로 기름장에 찍어 먹으면 그 맛이 일품이다.
간 것은 간장과 와사비 등을 섞어 생선회 소스로 활용되기도
한다.

큰 것은 횟감으로, 작은 것은 조림이 맛있다.

TIP!

갯벌 주행 면허를 취득한 기어 다니는 물고기, 망둥어

가을부터 겨울 사이 주로 인천에서 낚시로 많이 잡는 망둥어. (정식 명칭은 풀망둑이다) 먹이에 집착이 강해서 입질이 금방 오는 탓에 남녀노소 가리지 않고 쉽게 낚을 수 있는 생선이다. 비슷한 어종으로 '문절망둑'이 있다. 경상도에서는 문저리, 꼬시래기회로 불린다. 9월 전어 철이 끝나면 망둥어를 구워 먹기도 한다.

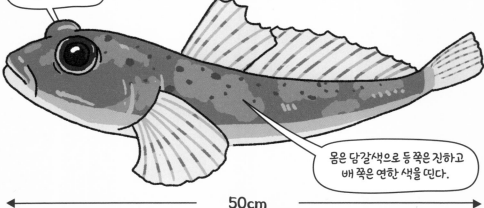

머리 위로 눈이 툭 튀어나왔다. 입이 크다.

몸은 담갈색으로 등 쪽은 진하고 배 쪽은 연한 색을 띤다.

50cm

가슴지느러미로 갯벌을 기어 다니며 갯지렁이나 갑각류 등의 먹이를 찾는다.

'숭어가 뛰니 망둥어도 뛴다' 처지가 변변치 않은 존재의 주제넘은 행동을 빗대어 말하는 속담!

풀망둑은 서해안 일대 갯벌에서 서식하며 특히 민물이 들락거리는 지역을 좋아한다.

갯벌이 좋아!

망둥어 요리를 소개합니다.

1. 망둥어 회

살이 차지고 약간의 단맛이
느껴지는 망둥어회.

2. 망둥어 탕

칼칼하고 시원한
망둥어 매운탕~

3. 말린 망둥어 조림

말린 망둥어는 물에 불려놓으면 살이
부들부들해진다. 식감은 코다리와 비슷하지만,
더 작은 물고기라 뼈까지 씹는 재미도 있다.

4. 망둥어 튀김

겉바속촉, 탱글탱글한 속살
비린내 없는 생선튀김.
통으로 튀길 경우 잔가시 조심!

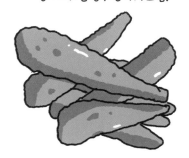

TIP!

서해에선 망둥어 낚시가 유명하다. 11~2월 사이에는 50cm에 이르는 씨알 좋은 망둥어가
곧잘 낚인다.

고등어보다 부드러운, 삼치

고등어, 꽁치 그리고 삼치는 대표적인 등푸른 생선이다. 수면 가까이 헤엄치면서 어릴 땐 갑각류를 먹고 성어가 되면 멸치나 까나리 같은 작은 물고기를 잡아먹는다. 알 낳을 때가 되면 몸빛이 까맣게 바뀌고, 알에서 깨어난 새끼는 한 해가 지나면 50cm쯤 자란다.

몸빛은 전체적으로 반짝반짝 빛난다.

등 쪽은 회색을 띤 청색이고 배 쪽은 은백색이다. 몸통 옆에는 점무늬가 나 있고 몸 전체적으로 매우 작은 비늘로 덮여있다.

꼬리지느러미가 깊게 파였다.

주둥이가 뾰족하고 이빨이 날카롭다.

1m

등에 까만 줄무늬가 6-7줄 있고 생김새가 가다랑어를 닮고 이빨이 날카로운 것은 '줄삼치'로 삼치보다는 맛이 떨어지는 편이다.

고등엇과 생선이지만 고등어보다 수분이 많고 살이 부드럽다.

삼치 한 마리가 성인의 두 팔보다도 두껍고 크다!

삼치를 먹어보자.

10월부터 살에 기름이 오르면서 제철이 시작되는 삼치. 가을-겨울에 꼭 먹어야 하는 생선!
40cm 미만의 작은 삼치를 전라도 사투리로 '고시'라 한다. 작은 삼치가 나름 맛이 있다 해도
'석 자', 즉 90cm 이상의 것이어야 삼치 맛을 제대로 볼 수 있다.

1. 삼치회

기름기가 잔뜩 오른 삼치회는 입안에서 고소함을
풍기며 살살 녹는다. 삼치회를 밥과 함께 김에
싸 먹는 것도 별미이다.

2. 삼치 간장조림

노릇노릇 구운 삼치에 소스를 부어 조리면
간장 양념이 골고루 스며들어 단짠단짠
부드러운 삼치 간장구이.

3. 삼치구이

삼치구이는 생물로 하는 것이 좋고,
굽기 전에 전분을 묻혀주면
생선 기름과 수분이 날아가지 않아
바삭한 식감을 즐길 수 있다!

4. 삼치 오일파스타

구운 삼치를 통째로 올린 오일파스타.
삼삼한 삼치와 파스타의 짭짤한 양념이
조화롭게 어울린다.

TIP!

삼치구이는 된장소스를 발라도 맛있고, 삼치회는 살짝 얼렸다 썰어먹으면 제맛이다.

바다의 명품, 전복

배로 몸을 움직이는 복족류, 전복.
우리가 먹는 전복은 대부분 '참전복'이다. 찬물을 좋아하는 한류성이며 요즘에는 전라도 완도와 진도 일대에서 대량 양식을 하고 있다.

전복 껍데기에 있는 5개 정도의 구멍을 '출수공'이라고 부른다. 전복은 이 구멍으로 호흡한다.

패각에 부착물이 많고 납작하게 엎드려 있으면 발견하기 어려운 전복.

확대

이빨로 미역을 갉아먹는다.

구멍이 7~8개이고 붉은색이 도는 것은 오분자기(떡조개)라고 부르는, 전복의 사촌이다.

◄──── 10cm ────►

전복에서 만들어지는 진주. 진주 중에서도 으뜸으로 취급된다.

자연산 전복

양식 전복

양식 전복에 비해 자연산 전복은 패각에 따개비, 해조류 등의 부착물이 많다.

뭔가가 다가온다…

전복이 다시마를 먹기 위해 서서히 접근하고 있다.

전복 잘 고르는 방법

A   B

A는 죽었거나 죽기 직전의 전복.
살이 활짝 펼쳐져 있어 커 보이고 만지면 단단해서 좋은 전복 같아 보이지만, 이미 죽어서 사후경직이 일어난 것이다.

B는 살아있는 전복.
아직 활력이 있어 살을 오므리고 있고 눌러보면 움찔한다.

전복 손질해보자.

① 칫솔로 이물질을 제거한다.

② 숟가락을 껍데기 안쪽으로 넣어 껍데기와 살을 분리한다. 이때 내장 쪽으로 숟가락을 넣으면 내장이 터질 수 있으니 조심!

③ 가위로 내장을 제거한다.

④ 가위로 이빨 부분을 살짝 자르고 손으로 꾹 누르면 식도까지 쏙 빠진다. 이때 손이나 가위로 잡아당겨 완전히 제거하면 된다. (세균이 많으므로 생식은 금지)

다양한 전복요리 TOP 4

1. 전복회

싱싱한 전복의 살을 살짝 데친 다음 얇게 썰어 초고추장에 찍어 먹는 생회. 꼬들꼬들, 오돌오돌 한 전복의 맛을 느낄 수 있다.

2. 전복찜

쫄깃한 전복 살 사이사이 칼집 낸 부분에 고루 밴 양념의 맛! 거기에 잘게 썬 청양고추까지~

3. 전복내장

↳ 전복내장젓(게우젓)

전복내장에 소금을 넣고 발효시킨 것. 칼로리가 낮고 지방 함량이 적어 다이어트에 좋으며 각종 무기질이 풍부해 부족한 영양을 보충하는 데 효과적이다.

전복내장은 버린다? "No!"
전복내장은 원기회복에 좋고, 전복의 깊은 맛을 새롭게 느낄 수 있는 기회이다. 전복을 찔 때 함께 쪄서 따로 먹는 것이 별미이다.

4. 전복죽

생전복과 쌀을 넣고 끓인 죽. 전복이 많이 생산되는 제주도의 향토음식이기도 하고, 몸이 아플 때 원기회복을 위해 먹기도 한다.

TIP! 전복 내장이 황갈색이면 수치, 암녹색이면 암치이다. 살은 암치가 부드러우니 찜이 좋고, 수치는 횟감으로 좋다.

치명적인 고소함, 전어

몸이 날씬하고 뾰족한 전어, 화살을 닮았다고 전어(箭魚)라는 이름을 얻었다. 또 맛이 너무 좋아 돈을 아끼지 않고 산다고 해서 전어(錢魚)이기도 하다. 가을이 되면 몸이 통통해지고 기름기가 끼어서 맛도 냄새도 일품인 전어에 대해 알아보자.

전어는 맛이 좋은 만큼 맛과 관련된 말이 많다. '봄 숭어, 가을 전어', '가을 전어 대가리에는 깨가 서 말이다'

등지느러미의 마지막 줄기는 꼬리지느러미 근처까지 실처럼 길게 뻗어있다.

입은 작고 눈 주위를 기름눈꺼풀이 덮고 있다.

비늘이 다닥다닥 붙어 있고, 은백색으로 광택이 난다.

25cm

무리 지어 이동하기 때문에 어획 방법도 그에 맞게 발달되었다.

가자, 전어 먹으러.

뼈째 먹는 전어는 칼슘 섭취량이 뛰어나고, 비타민과 미네랄 성분이 풍부해 피로 해소와 피부 미용에 좋다.

개흙을 뒤지며 먹이를 찾는 전어.
『자산어보』에서는 육지에 가까이 사는 전어가 먼바다에 사는 전어보다 더 맛있다고 한다.

다양한 전어 요리!

1.전어회

씹을수록 고소한 맛이 나는 전어회.
싱싱한 전어의 살을 분리해서 살만 먹기도 하고, 뼈째
얇게 썰어(세꼬시) 초고추장이나 쌈장에 찍어 먹는다.

2. 전어밤젓

싱싱한 전어의
위(밤)를 소금물에
씻어 물기를 뺀
후 굵은소금을 뿌려
항아리에 담아
2~3개월간 서늘한
곳에서 삭힌 것이다. 먹을
때 풋고추와 고춧가루, 다진 마늘, 참기름,
깨소금을 넣고 무친다.

전어는 10월이 지나면 뼈가 억세진다.
뼈가 억세지기 전의 전어를 비늘만 벗기고 뼈째 두툼하게 썰어내면 쫄깃한 살과 뼈의 거친 맛이 동시에
느껴진다. 가을 전어는 기름기가 껴서 그 고소함이 깨소금보다 더하다고 한다.

3. 전어초밥

고소하고 부드러운 전어를 단촛물 든 밥과 함께
먹는 것도 전어를 즐기는 방법 중 하나.

4. 전어구이

굵은소금을 쳐서 구운 전어구이.
자글자글 올라오는 기름과 함께 그 향이 고소하다.
집 나간 여느리도 돌아온다는 전어구이 냄새~

5. 전어뼈튀김

살을 발라내고 남은 뼈에 튀김가루를 묻힌 다음,
달군 기름에 노릇하고 바삭하게 튀겨낸다.
따로 간을 하지 않아도 고소하고 바삭하게
간식으로 즐길 수 있다.

작은 전어는 횟감으로, 큰 전어는 구이로 초심자들이 먹기에 좋다.

TIP!

CHAPTER 4
겨울의 바다

바다의 우유, 굴

선사시대 조개더미에서 발견된 만큼, 아주 오래전부터 식용되어온 굴! 우리나라는 굴을 양식하기에 최적의 기후와 환경을 가졌다. 굴이 완전히 성장하기까지 6~7개월 정도 걸리는데 이는 프랑스, 미국 등의 나라가 2년 정도 걸리는 것에 비하면 매우 빠른 편이고, 가격 또한 4배 이상 저렴하게 유통된다.

왼쪽 껍데기로 바위 등에 붙으며,

오른쪽 껍데기는 작고 볼록해지는 정도도 적다.

두 껍데기의 연결부가 검은 인대로 닿혀 있다.

10cm

우리는 한 핏줄

굴

석화

굴과 석화의 차이? 없다. 이름만 다를 뿐 같은 종이다!

바위에 덕지덕지 붙은 자연산 굴은 멀리서 봤을 때 바위(石)에 핀 흰 꽃(花)처럼 보인다.

자연산굴

항상 바닷물에 잠겨 있는 것이 아니라 밀물 때는 바닷물에 잠기고 썰물 때는 햇빛에 드러나기 때문에 자라는 속도가 느리다. 그래서 크기가 작다. 하지만 향긋함은 최고 중의 최고!

양식굴

항상 바닷물 속에 잠기게 해두기 때문에 자라는 속도도 빠르고 크기도 자연산 굴보다 훨씬 크다. 자연산 굴보다 굴 가장자리의 검은색 부분이 더 많다.

굴의 양식 방법

수하식

밧줄에 어린 굴이 붙은 조개껍데기를 매달아 바다로 내리는 '수하식'(큰굴이라 부르기도 한다)

들어올리면 →

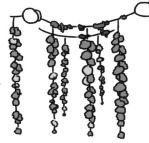

투석식

수심이 얕은 서해에 돌을 던져서(배열해서) 굴이 자생하도록 한다.
(굴 크기가 작아 '어린굴' ➡ '어리굴'이라 부른다. 잔굴이라고 부르기도 함.)

굴이 붙어살 자연석을 배열하고 있다.

조류 흐름이 좋고 잔잔하며 햇볕의 노출을 많이 받는 곳에 조성하므로 줄에 매달아 양식을 하는 수하식 굴보다는 크기도 작고 채취하기도 어렵지만 맛이 매우 담백하고 향긋해 값도 2배가량 비싸다.

굴의 종류를 알아보자

참굴

우리가 식용으로 먹는 대부분의 굴!

강굴

민물에 서식하는 굴! 3~4월 벚꽃이 필 때가 제철이라 '벚굴'이라고도 부른다. 손바닥 정도의 크기로 주로 섬진강 쪽에 서식한다.

바윗굴

남해에서 나는 굴 독특한 바다향이 나고 양식 굴보다 4~5배 비싸다.

떡굴

서해안의 깊은 바닷속 갯벌에 사는 굴로 가리비같이 넓적한 굴이다.

굴을 먹어보자.

1. 굴회

향긋한 굴 본연의 맛을 느낄 수 있는 굴회!
레몬과 함께 먹으면 맛도 좋아지고 철분의
흡수율도 높아진다.
(초고추장보다 레몬과의 궁합이 더 잘 맞다.)

2. 굴구이

굴의 쫄깃함을 느낄 수 있는 굴 구이.
노릇노릇 익었을 때 입으로 쏙~

3. 굴찜

굴은 크기에 따라 익는 시간이 다르기 때문에,
꽉 다문 입을 조금 벌렸을 때 꺼내는 게 가장 좋다.
덜 찌면 비리고 너무 찌면 수분이 날아가니
타이밍을 잘 잡아야 한다.

4. 굴무침

싱싱한 굴에 갖은양념을
하여 무친 요리

5. 굴밥

고슬고슬 따듯한 밥과
향긋한 굴의 조화.
바다향 톡 터지는
영양밥~

6. 어리굴젓

고춧가루 옷을 입은 굴은
술안주, 밥반찬으로 좋다.

밥도둑

TIP!

생굴을 먹을 때는 차가운 소금물에 한차례 헹궈 불순물을 제거하는 것이 좋다.

국민횟감, 넙치(광어)

몸이 넓적해서 넙치. 대중에게 광어(廣魚)로 알려진 생선. 눈이 한쪽으로 몰려 있어서 '외눈박이 물고기'라고도 한다. 우리나라 바다 어디에서든 볼 수 있고, 양식이 발달해 사시사철 맛볼 수 있는 횟감이다. 갓 태어난 어린 넙치는 다른 물고기처럼 눈이 몸의 양쪽에 붙어 있지만 크면서 점점 한쪽으로 쏠린다. (알에서 깬 지 한달 정도 지나면 눈이 올린다.)

두 눈이 몸의 왼쪽에 치우쳐있고 눈 사이가 넓고 편평하다.

눈이 있는 쪽의 몸에는(왼쪽) 검은 점, 갈색 점, 흰색 점이 퍼져있다.

날카로운 이빨!

꼬리지느러미 중앙이 뾰족하게 돌출되어 있다.

입이 큰 편이고 경사져있다. 날카로운 이빨을 가졌으며 아래턱이 위턱보다 앞쪽으로 돌출되어 있다.

1m

넙치는 눈 2개가 왼쪽으로 쏠려있다.
눈이 오른쪽으로 쏠렸으면 도다리.

자연산

왼쪽을 기억해줘.

자연산 넙치의 배 부분은 무늬가 없고 하얗다.

양식 광어의 배엔 이끼처럼 보이는 흑화현상이 나타난다.

자연산에서도 일부 흑화현상이 나타나는데 이는 양식장을 탈출한 경우, 또는 어린 치어를 방류한 경우이다.

나 보여?

모래 바닥면에 엎드려 산다. 몸의 질감과 색을 주변의 환경에 맞추어 그대로 흉내 낼 수 있다.

광어회 파헤치기

넙치는 최상의 횟감으로 취급된다. 식감이 좋고 담백하기 때문.
과거엔 비싼 몸값 때문에 쉽게 맛보지 못했지만, 현재는 대량 양식 덕분에 어디서나 저렴하게 맛볼 수
있다. 총 무게에 비해 포로 떠지는 살이 많아 착한 넙치. (수율이 좋다) 겨울에 맛있는 생선이고 횟감으로는 무
게 2kg 이상이 맛있다. (1kg 미만은 광어의 맛을 느끼기에 너무 작은 크기이다) 길고 홀쭉한 것보다는 두께가 도톰한 것,
살이 통통하게 오르고 배 부분에 피멍이 없는 것을 골라야 한다. (남해안 광어는 3~4월 산란기, 서해안 광어는 5~6월
이 산란기)

광어 부위 파헤치기

광어는 크게
유안부와 무안부로 나눌 수 있다.

무안부 눈이 없는 쪽(배 쪽)   유안부 눈이 있는 쪽(등 쪽)

지느러미살 몸 양쪽으로   뱃살 내장을 감싸는 부위로
나오지만, 양이 적다.   1~2점 나오는 귀한 부위

무안부는 살이 밝은 색인 반면
유안부는 어두운색이다.
무안부와 유안부는 빛깔에서 차이가
나지만 맛은 별반 차이가 없거나
미묘하게 무안부가 낫다.

횟감이 썰려 있을 때 구분하는 팁

흰막이 있는 부분이 무안부이다.   흰 막 부분
확대

다양한 광어 요리!!

1. 광어회

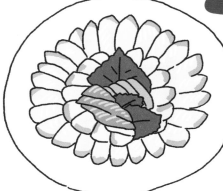

담기골살(엔가와)=지느러미살
등지느러미와 배지느러미를 받치고 있는
담기골에 붙은 살. 다른 부위보다 고소하고,
움직임이 많은 부위라서 쫄깃하다.

2. 광어찜

부드럽고
담백한, 광어
본연의 맛을 잘
살린 찜 요리

3. 광어 회무침

광어회와 채소, 매콤
새콤한 양념을 넣고
무치면 반찬으로도, 술
안주로도 제격이다.

5. 광어 튀김

살에 수분이 많은 광어는
튀김을 해먹기 적합하다.
(겉바속촉)

4. 광어미역국

임산부의
산후조리에 아주
좋은 보양식.

TIP!

여름 광어는 살이 홀쭉해 횟감으로는 볼품없으나 생선가스와 피시앤칩스로는 최고의 맛을 낸다.

금태라 불리는 금값 생선, 눈볼대

부산에서 사랑받는 '빨간 생선' 눈볼대. 눈볼대라는 표준명보다 산지에서 부르는 이름 '금태'로 유명하다. 100m 이상 깊은 수심에서 서식하기 때문에 아주 기름지다.

눈이 아주 크고 예쁘다.

50cm

몸과 지느러미 전체는 붉고 배 부분은 희다.

전설의 물고기 돗돔과 사촌지간이다.

하나도 안 닮았는데…

가짜 눈볼대에 속지 않으려면 입 안이 검은색인지 확인하자.

아주 비싸다. 그만큼 맛있다.

비싸고 맛 좋은
눈볼대 요리~

노릇노릇~

금태구이

눈볼대는 무엇보다 구이가 최고다.
바싹 익힌 비늘과 촉촉한 육즙의 조화.
겉은 바삭하고 속은 촉촉한 생선구이!

금태조림

조림으로도
먹는다.

눈볼대 살을
밥과 함께 잘
섞어 먹는다.

금태솥밥

고슬고슬한 밥에
금태 한점이면
밥 한 공기 뚝딱!

TIP!

눈볼대는 비늘이 온전히 붙어 있고 윤기가 나며 진한 선홍색을 띠는 것이 좋다.

임금님이 지어준 이름, 도루묵

찬물을 좋아하는 도루묵은 300m 깊은 바다의 모래바닥에서 사는 물고기. 작은 멸치나 새우를 잡아먹는다. 11월 말~12월에는 얕은 바닷가로 몰려와서 알을 낳는다. 알밴 도루묵을 '알도루묵', 수컷을 '수도루묵'이라고 한다.

입은 위쪽을 향해 비스듬히 나 있다.

등지느러미는 두 개이다. 등이 누렇고 까만 물결무늬가 있다.

가슴지느러미가 크고 넓적하다.

15cm

새 이름이 마음에 들어!

도로 '묵' 됐네…

시장했던 임금이 동해 바닷가에서 '묵'이라는 생선을 먹어보고는 맛이 너무나 좋아 '은어(銀魚)'라는 이름을 하사했다.

한양으로 돌아온 뒤에 다시 그 생선을 먹어본 임금은 어째 그때 그 맛이 나지 않자 "도로 '묵'이라 하라"하여 이름이 '도로묵'이 되었다.

알을 1000~2000개 정도 낳는데 알에는 점액질이 있어서 둥그렇게 덩어리져 해조류에 붙는다.

다양한 도루묵 요리!

겨울철 알이 밴 도루묵,
톡톡 튀는 알 맛을 좋아하는 사람이 많을 것이다.
그 외에도 도루묵 요리, 뭐가 있을까? 겨울에 맛 못 보면 말짱 도루묵!

1. 도루묵 회

횟감을 고를 땐 배가 은빛으로 반짝이고
등의 물결무늬는 선명한 것이 좋다.
아가미와 지느러미만 제거하면 뼈째
먹을 수 있을 만큼 뼈가 얇다.

2. 도루묵 조림

간장, 마늘, 대파, 생강 등을 넣고
3분 정도만 조려 먹어도 맛있다.
특히 반건조 도루묵은 잘 부서지지 않아 조림
요리에 더 적합하다.

3. 도루묵 찌개

열량이 낮아 다이어트에 좋은 도루묵.
도루묵 찌개는 물을 많이 붓지 않고
자작하게 끓여서 양념이 고루 잘 배도록
하는 것이 특징이다.

4. 도루묵 구이

흰 살코기, 많은 지방질로 부드럽고 고소한 도루묵.
구이를 할 때는 알이 꽉 찬 '알도루묵'으로!
점액질이 있어 더 특이한 식감과
톡톡 터지는 알 맛에 반할 것이다.

TIP!

꼭 강원도가 아니어도 초겨울부터 봄 사이 수산시장에서 어렵지 않게 볼 수 있다.

생선은 하나인데, 이름은 여러 개~
명태의 세계

명태 마스터 획득!

차가운 것이 좋아♥

차가운 물을 좋아하는 한류성 물고기 명태에 대해 알아보자!

수영 한 올 없는 매끈한 턱!

머리와 입이 커서 대구(大口)라 불리는 대구과 물고기지만 대구보다 체고가 낮고 날씬하다. 대구는 턱에 수염이 한 가닥 있지만, 명태는 수염이 없다.

엣헴!

명태라는 이름은 어떻게 지어진 걸까?

▶▶ 명천(明川)에 사는 어부 중 성이 태씨(太氏)인 사람이 물고기를 낚았는데, 이름을 올라 지명의 명(明)자와 잡은 사람의 성을 따서 명태라고 이름을 붙였다.
이유권의 『임하필기』

▶▶ 함경에서 명태 간으로 기름을 짜서 등불을 밝혔기에 '밝게 해 주는 물고기'라는 의미로 명태라고 불렀다.

▶▶ 영양 부족으로 눈이 잘 보이지 않는 함경도 농민들 사이에서 명태 간을 먹으면 눈이 밝아진다는 말이 돌아 명태라고 불렀다.

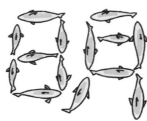

생태
동태
황태
코다리
북어
노가리

얼리지 않은 명태, 생태

갓 잡은 싱싱한 명태, 얼리지 않은 명태를 생태라고 한다.
명태의 제철은 1~2월이며 머리, 꼬리, 살, 내장 등은 모두 식재료로 이용된다.
살코기와 이리(뇌처럼 생긴 꼬불꼬불한 내장)는 국이나 찌개용으로, 알은 명란젓으로 이용된다. 현재 우리가 먹는 명태의 대부분은 러시아에서 수입해오는 것이다.

최근 정부에서는 '동해의 살아있는 명태를 찾는다'면서 사례금으로 50만 원을 내건 적이 있는데, 이는 살아있는 명태를 확보해 치어 종묘를 생산 및 방류함으로써 현재 씨가 마른 국내 명태 자원을 회복시키기 위함이다.

등은 누런 밤색이다.

등지느러미가 세 개이다.

입이 크고 아래턱이 위턱보다 튀어나와 있다.

뒷지느러미는 두 개이다.

50~80cm

냉탕

안 춥니?

수온이 1~10℃ 정도인 바다에 산다. 어린 명태가 찬물에 더 잘 견딘다.

수심 1,000m까지 내려간다.

약 10만~200만 개의 알을 낳는다. 알들은 물에 둥둥 떠다니다가 한 달 내로 부화한다.

명태를 얼린 것, 동태

명태를 겨울에 잡아 얼리거나 영하 40℃ 이하에서 급속냉동시킨 것을 동태라고 한다. 단백질, 비타민 B2, 인 등이 함유되어 있어 감기몸살에 효과가 있으며 간을 보호하는 필수아미노산이 풍부하다.

동태 고를 때 주의할 점

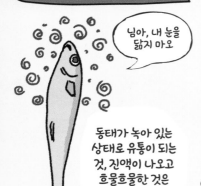

님아, 내 눈을 닮지 마오

동태가 녹아 있는 상태로 유통이 되는 것, 진액이 나오고 흐물흐물한 것은 피한다.

맛있는 동태 요리

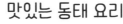

1. 동태 조림
동태와 무에 스며든 칼칼한 양념!

2. 동태전
명절 밥상의 감초!

3. 동태찌개
쑥갓과 궁합이 잘 맞는다!

겨울바람에 얼렸다 녹였다 하면서 말린 것, 황태

한 겨울에 명태를 일교차가 큰 덕장에 걸어두어 얼고 녹기를 스무 번 이상 반복해 노랗게 변한 것을 황태라고 한다. 얼어붙어서 더덕처럼 마른 북어라 하여 더덕북어라고 불리기도 한다.

황태 잘 고르는 방법

BAD...

GOOD!

하얀 빛이 도는 것보다, 노란 황금빛이 도는 것이 더 좋다.

옆에서 봤을 때 가장자리가 도톰하고 단단하게 살이 올라온 것이 좋다.

양념을 발라 자작하게 구운 황태는 술안주로도, 밥반찬으로도 훌륭하다!

덕장에서 황태를 말리고 있다.

꾸덕꾸덕하게 말린 것, 코다리

내장을 뺀 명태를 반건조 한 것을 코다리라고 한다. 지방 함량이 낮고 완전히 말린 북어보다 촉촉하고 쫄깃해 여러 가지 요리로 활용된다.

코다리 고를 때 팁!

이물질이 묻어 있지 않고,
자연스러운 말린 생선 냄새가 나는 것이 좋다.

맛있는 코다리 요리

1. 코다리찜

2. 코다리 냉면

여름 별미!

3. 코다리 쟁반국수

4. 코다리 강정

코다리는 지방이 적어서,
코다리 강정으로 튀김을 하면 식용유 지방이
첨가되어 궁합이 맞는다!

바짝 말린 것, 북어

명태(생태)를 완전히 건조한 것을 북어라고 부른다. 북어는 예로부터 제사상에 빠져서는 안 될 품목이었으며, 북어를 실에 감아 출입하는 문틀 윗부분에 걸어 두어 집안의 복을 비는데도 사용했다. 북어는 완전히 건조되어 상할 염려가 없기 때문에 냉장시설이 없었던 근대까지 최고의 식품으로 여겨졌다!

나를 매달아 두면 복이 온다네.

북엇국은 애주가들의 최애 해장국!

명태의 새끼, 노가리

명태의 새끼를 노가리라고 한다. 크기가 15~20cm 정도인, 2~3년 된 어린 명태의 내장과 아가미를 빼고 반건조 한 것이 노가리이다.

'노가리를 까다'의 비하인드 스토리

어느 옛날, 아낙네들이 '노가리'를 밥상에 올리기 위해 노가리 껍질을 벗기며 수다를 떨고 있었다. 이 모습을 본 남편들이 그렇게 수다를 떨면서 노가리 껍질을 제대로 벗길 수 있겠냐고 나무라면서 생긴 말이 바로 '노가리를 까다'이다.

'노가리의 껍질을 벗기며 수다를 떠는 행위'
=
'노가리를 까다'

이로부터 이어져, 현대에는 호프집에서 사람들이 노가리를 먹으며 그것을 안주 삼아 잡담하는 풍경을 가리켜 '노가리를 깐다'라고 하기도 한다.

노가리는 보통 살짝 구워서 먹는다. 물에 한 번 적셔서 구우면 부드럽게 먹을 수 있다. (딱딱해지기 쉽기 때문에 살짝만 굽는다!)

양념장을 만들어 조려 먹기도 하고 바싹 말린 것을 손으로 찢어 고추장에 찍어 먹기도 한다.

고추장+마요네즈 소스에 찍어 소주와 함께~

명태의 알, 명란

통통하고 부드러운 명란젓은 명란(명태의 알)을 소금에 절여 만든 것 같이다. 막이 터지지 않은 채로 담그며, 반찬이나 술안주로 먹는다. 한국 음식인 명란젓이 일본에 전해져, 멘타이코(明太子)라 불린다. 명란젓에는 노화를 방지하고 피부에 좋은 비타민 E가 함유되어 있다.

명란젓 잘 고르는 방법

자연의 붉은빛이 돌면서 살이 단단한 것을 고른다.
너무 빨간 것은 착색의 우려가 있다.
알 주머니가 찢긴 것은 피한다.

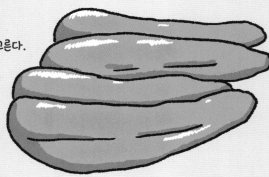

> 명란젓은 마요네즈와 함께 먹으면 좋은데, 마요네즈의 유분이 명란젓이 가지고 있는 비타민 E의 흡수를 돕기 때문이다!

맛있는 명란 요리

명란 계란말이

명란 파스타

부드러운 크림 베이스에 짭조름한 명란의 풍미~ 명란만 넣었는데도 이렇게 풍부한 맛이!

명란 아보카도 비빔밥

톡톡 터지는 명란과 부드러운 아보카도! 환상의 조합이다.

명란마요 삼각김밥

헷갈리지 말자!

창난젓은 명태의 내장(창난)으로 만든 젓갈이다.

TIP!

시중에 사용되는 생태는 일본산과 캐나다산으로 양분, 동태는 대부분 러시아산이다.
국산 명태는 현재 포획 금지이므로 한 해 조업량으로 1만 톤을 달성하기 전에는 유통이 어렵다.

바다의 은둔자, 문어

오징어나 낙지처럼 다리가 머리에 붙어있는 두족류이다. 눈은 척추동물의 카메라눈과 비슷하게 발달되어 있다. 제트식 운동으로 매우 빠른 속도로 헤엄칠 수 있다. 바닷속에서 도통 눈에 띄지 않아 사회성이 떨어진다고 여겨지던 문어지만, 최근 높은 지능을 가진 사실이 발견돼 주목받고 있다. 수심 100~200m 되는 곳에서 산다.

무서울 때

화났을 때

몸의 색깔로 감정을 표현한다!

피부는 미끌미끌하고 살아있을 때는 가는 주름살이 있다.

다리와 다리 사이에 넓은 막이 있다.

2m

돈같이 썰어 볶으면 그 맛이 깨끗하고 담담하며, 그 알은 머리·배·보혈에 귀한 약이으로 토하고 설사하는 데 유익하다. 쇠고기 먹고 체한 데는 문어대가리를 고아 먹으면 낫는다.
-「규합총서(閨閤叢書)」

閨閤叢書

EASY

낮에는 바위의 구멍 등에 숨어 있다가 밤에 나와 갑각류, 조개류 등을 잡아먹는다.

동물학자들에 따르면 문어의 지능은 강아지와 같은 수준! 얼마나 지능이 뛰어나면 '글월 문(文)' 자를 얻었을까.

문어의 종류

대문어

참문어

발문어

피문어라고도 한다. 크기가 큰 대형 문어로, 50kg까지 자라는 것도 있다. 동해에서 산다. 짙은 붉은색 빛을 띠며 몸통에 세로 방향의 무늬(홈)이 있다. 부드러운 식감을 자랑한다.

돌문어, 왜문어라고도 한다. 소형 문어종으로 3kg를 잘 넘지 않는다. 남해에서 산다. 회갈색이며 몸통에는 삼각형 등의 다각형 무늬를 가지고 있다. (환경에 따라 색을 바꾸는 문어의 특성상 머리의 무늬를 통해 구분하는 것이 보다 정확하다)

동해안낙지라고도 한다. 이름처럼, 다리에 특징이 있다. 길이가 다른 문어들에 비해 얇고 긴 편! 문어 중에서 가장 연한 편이나 문어 고유의 맛이 옅다. 탕이나 볶음 등의 요리 재료로 사용하기에 좋다. 갈색이며 몸통에 흰 점이 있다.

문어 요리를 즐겨보자.

1. 문어숙회

문어 특유의 풍미를 느끼는 데는 여러 종의 문어 중에서도 피문어가 가장 좋은 초이스! 무를 넣은 물에 문어를 삶으면 문어가 한층 부드러워진다.

2. 문어초밥

밥과 함께 부드럽게 씹혀야 하는 초밥의 재료로는 피문어가 주로 쓰인다.

3. 문어알

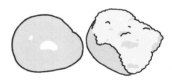

일본에서 훌륭한 식재료로 여기는 문어알. 초밥, 젓갈 등의 재료로 쓰인다. 찐 문어알은 비린 맛이 거의 없고 고소한 빵과 같은 식감이다.

4. 문어치킨

문어를 통째로 튀겨낸 문어 치킨은 바삭하면서도 쫄깃한 맛에 맥주 안주로 사랑받는다. (치킨, 보고 있나!)

TIP! 겨울~봄은 동해안 피문어가 제철, 여름~가을은 남해안 돌문어가 제철이다.

겨울에 역주행하는 인기 생선, 방어

전갱이, 고등어처럼 등푸른 생선이자 붉은살 생선이다. 다 자라면 무게 50kg, 몸길이 1.5m로 커진다. (시중에 판매되는 것은 10kg 전후) 방어는 크기가 클수록 맛이 좋다. 국내 자연산 산지는 동해, 제주도. 자연산을 양식에 비교할 수는 없겠지만 최근 양식 방어도 영양이 고루 잡힌 사료를 섭취하면서 자연산 못지않은 기름기를 자랑한다!

새끼 방어는 몸이 황금색이고 세로로 까만 띠가 줄줄이 나 있다. 다 큰 방어와 생김새가 많이 다르다.

머리가 약간 뾰족하다.

등은 파란색이고 몸의 옆부분에는 머리부터 꼬리까지 노란 줄이 나있다.

가슴지느러미와 배지느러미 길이가 같다.

모든 지느러미는 노란색이다.

◀ 1.5m ▶

방어와 부시리를 구분하는 법
방어는 각지고, 부시리는 둥글다!

방어와 비슷하게 생긴 생선으로 부시리를 꼽을 수 있는데, 고급 횟감인 부시리는 여름이 제철이나, 간혹 겨울에 방어로 둔갑하여 판매되는 경우가 있다.

① 방어 — 각진 꼬리라인 (너무 어린 방어는 예외)
  부시리 — 둥근 꼬리라인

② 부시리의 머리모양은 둥글며 가슴지느러미와 배지느러미의 끝선이 어긋난다.

③ 방어 — 각진 주상악골
  부시리 — 둥근 주상악골

방어의 특수부위

물론 자연산이 맛있지만, 그 수가 한정적이기 때문에, 접하기 쉬운 양식 방어 중 맛있는 것을 고르는 방법을 알아두자. 기본적으로 무게 8kg이상은 되어야 대방어의 특수부위인 배꼽살, 사잇살, 날갯살, 목살 등이 적절한 면적과 두께, 양으로 제공되므로 구매할 때 방어의 무게를 체크하자.

두육살
볼살
목살
등살
사잇살(혈합육)
중뱃살
배꼽살

특수부위는 이렇게 생겼다!

볼살

목살

배꼽살

사잇살

척추를 둘러싼 진붉은색 혈합육. 소고기 육회 같은 비주얼. 기름장에 찍어 먹는다.

다양한 방어 요리

1. 방어회

지방이 잔뜩 올라 고소하고 부위별로 다른 맛을 느낄 수 있는 방어회. 와사비 간장이나 초장을 찍어 먹는 것이 일반적이고 기름진 생선이라 묵은 김치에 둘둘 말아먹는 것도 별미이다. 특수부위들은 소금을 뿌린 기름장에 찍어 먹어보자.

2. 방어 머리구이

방어 머리 구이는 살집이 넉넉하다. 볼에 붙어있는 살은 특히 더 쫄깃하고 고소하다. 양이 적으니 빠르게 선점하시길~

3. 방어탕

회를 뜨고 남은 뼈와 내장, 자투리 살을 넣고 끓인 방어탕. 국물이 시원하다. 미역이나 수제비를 넣어서 먹기도 한다.

4. 방어조림

냄비에 삶은 무를 깔고 토막 낸 방어를 올려 조림장을 넉넉하게 붓고 팔팔 끓여 만든 방어조림. 겨울 무의 달콤함이 방어와 잘 어울린다.

TIP!

최근에는 8kg 이상 대방어를 소분해서 2~3인분으로 파는 곳이 많으니 이를 적극적으로 활용하자!

독을 품은 물고기, 복어

옛날 사람들은 복어를 '성낼 진(嗔)'자를 써서 '진어'라고 불렀다. 복어의 종류 중에서 일부만이 식용 가능한데 대표적으로 참복, 까치복 등이 있다. 반드시 독을 제거해야만 먹을 수 있는 까다로운 물고기이니, 복어요리 자격을 갖춘 복어조리기능사가 조리하는 것이 안전하다!

단단한 이, 발달한 턱 근육으로 게, 새우, 불가사리, 작은 물고기 등을 잡아먹는 육식 물고기.

둥근 몸 때문에 헤엄치는 속도가 느리다.

가슴지느러미가 짧은 편이다.

25cm

위협을 받은 복어는 몸에 공기나 물을 넣어 몸을 부풀린다.

복어 독은 처음부터 있는 것이 아니다! 불가사리 같은 먹잇감을 먹으면서 눈알, 내장, 난소, 혈액에 축적되는 것. 이 독은 '테트로도톡신'으로 청산가리의 10배 이상의 독성을 가진다.

내 안에 맹독 있다!

안녕?

이빨과 턱이 발달된 까닭인지 입으로 물을 뿜어 모래 속에 있는 조개, 불가사리, 게 등을 잡아먹는다.

깨알지식 첫 번째,
몸이 터지지 않는 이유는 피부 진피층에 콜라겐이 많기 때문.

깨알지식 두 번째,
복어의 독은 무색, 무취, 무미이며 열에도 파괴되지 않는다. 30cm복어 한 마리가 성인 30명을 사망하게 할 수도 있다! 중독되면 입술과 혀끝이 마비되면서 구토를 한 뒤 몸 전체가 경직되는데 결국 호흡곤란으로 사망하게 된다. (치사율 최대 80%)

복어 이야기

산호초 위에서 쉬고 있던 복어,
침 흘리며 다가오는 포식자 발견

↓

쫓기는 복어!
몸에 비해 작은 지느러미를
열심히 움직여보지만
역부족이다.

↓

해조류에 숨어보지만,
이내 발각된다.

↓

최후의 방법을 쓰는 복어.
물을 빨아들여 몸을 서너 배 부풀린다.
식도의 근육을 수축해 물이
빠져나가지 않게 한다.

↓

그럼에도 불구하고
잡혀 버린 복어.
복어의 독이 포식자에게
치명상을 입힌다.

↓

모두 무덤으로...

다양한 복어 요리!

지방이 적고, 단백질이 풍부한 복어는
고급 생선에 속한다.

 주의 복어에는 독이 있으므로 조리용 복어를 구매할 때, 전문가에 의해
내장이 제거된 것을 선택하는 것이 좋다.

1. 복어회

2. 복 이리 구이

수컷에서만 나오는 이리에 소금을 뿌려 살짝 구운 요리. 많은 양이 나오지
않기 때문에 운이 좋아야 맛볼 수 있는 귀한 부위이다.

3. 복어지리

다시마 등으로 육수를 낸
국물에 복어, 콩나물, 미나리 등을
넣고 고춧가루 없이 맑고
담백하게 끓인 음식.

독이 강한 복어일수록 맛이 좋다고 한다.
10월부터 3월까지는 복어의 생식소가 발달하여
통통하게 살이 오르기 때문에, 복어의 맛이
가장 좋은 시기이다! 복어회는 그릇이 비칠만큼
얇게 썰어내는 것이 특징(1~2mm). 육질이 질긴
탓에 두껍게 썰면 씹기 어렵기 때문이다.

4. 복어찜

토막 낸 복어에 콩나물, 미나리,
고춧가루와 녹말풀을 넣어
걸쭉하게 만든 음식.

6. 복어껍질무침

쫀득쫀득한 복어껍질은 마치 젤리 같은
콜라겐 덩어리. 데쳐서 썰어놓으면
서로 붙을 정도로 끈끈하다!

5. 복어튀김(복튀김)

도톰하게 자른 복어 살을
밀가루에 버무려 튀긴 것으로
부드럽고 고소한 복어의 맛을
느낄 수 있다. 폰즈 소스와 함께
곁들여 먹는다.

TIP! 지역 수산시장에 파는 손질 복어를 사면 손쉽게 이용할 수 있다.

어떻게 먹어도 맛있는 서해안 대표 새우, 대하

서해에서 주로 서식하는 대하. 국내에서 유통되는 대하는 대부분 자연산이며, 성질이 급한 탓에 잡히고 나서 곧 죽게 되므로 대부분 죽은 채로 유통된다. 산란기를 앞둔 3~5월에 몸집이 커지고 맛도 좋지만 5~6월은 금어기라 유통이 안 된다. 따라서 어획량이 급증하는 8~11월 사이 대하를 가장 손쉽게 접할 수 있다.

뿔이 코 끝을 넘는다.

꼬리에서 주황색, 녹색 등 여러 가지 빛깔이 돈다. (살아있을 때)

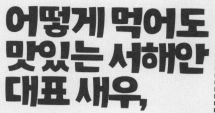

대하의 수염은 자기 몸집보다 2~3배 길고 하얗다.

← 30cm →

대표요리

가을이 되면 찾는 대하 소금구이.
5~10분 정도 센 불로 익힌다.
윗면이 빨개졌다면 2~3분 후 불을 끄자.
불을 끄고 5분 정도 뜸을 들이고 먹으면 된다.
(못 참겠다면 그냥 먹어도 됨)

그런데!
보통 식당에서 소금구이로 제공하는 새우는 대하가 아닌 흰다리새우일 가능성이 높다!

익힌 새우의 몸에 밝은 부분이 군데군데 있다면 그것은 대하, 전체 색이 균일하다면 흰다리새우이다.

내 이름을 알아주오, 흰다리새우

남미에서 온 외래종. 따라서 국내의 흰다리새우는 모두 양식이다. 병해에 강하고 맛도 연중 안정적이라 값나가는 자연산 대하의 대체재로 사랑받고 있다. 가을이 되면 대하로 알고 먹는 왕새우의 대부분이 이 흰다리새우이다.

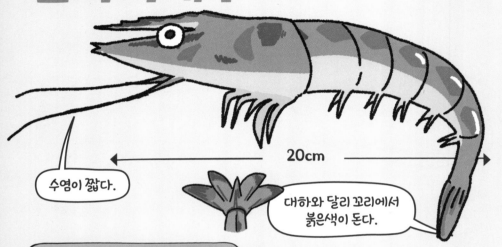

20cm

수영이 짧다.

대하와 달리 꼬리에서 붉은색이 돈다.

대하와 흰다리새우 구별법

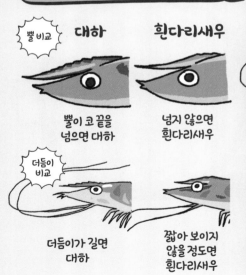

뿔 비교

대하 / **흰다리새우**

뿔이 코 끝을 넘으면 대하

넘지 않으면 흰다리새우

더듬이 비교

더듬이가 길면 대하

짧아 보이지 않을 정도면 흰다리새우

퀴즈 누가 흰다리새우일까요~~?

힌트: 더듬이, 뿔, 꼬리!

선명한 줄무늬가 특징인, 보리새우

'오도리'라고 부르기도 하는 보리새우. '보리새우'라는 이름이 붙은 이유는 두 가지다. 몸에 누런빛이 도는 게 보리를 닮아서, 보리싹을 틔우는 봄부터 연안으로 들어오기 때문에. 보리새우의 제철은 연중 수온이 가장 높은 7~11월이다.

20cm

'자주새우'를 '보리새우'로 부르곤 하는데 이 둘을 명확히 구분할 필요가 있다.

'자주새우'는 소형 새우에 속하고(3~5cm) 주로 주낙의 미끼 또는 김장용이나 국물 맛을 내는 데 쓰이는 새우이다.

난 김장용 새우, 자주새우야!

보리새우는 어떻게 먹지!?

살아있는 보리새우를 끓는 물에 데치고 얼음 물에 담갔다 건져 만든 초밥.

탱글탱글하면서도 달달한 본연의 맛을 느낄 수 있는 방법은 회로 먹는 것! 남은 대가리는 굽거나 튀겨 먹는다.

독도 새우 3형제

물렁가시붉은새우

동해의 별미, 동해의 깊은 수심에서만 서식하는 동해 특산종 새우이다. 몸의 표면에 털이 없어 매끈하며 유난히 붉어 '꽃새우'라고 불리기도 한다. 그러나 '꽃새우'가 표준명인 종이 따로 있으므로 물렁가시붉은새우를 '꽃새우'라고 부르는 것은 지양하는 것이 좋겠다!

가시배새우

대가리가 크며 닭 볏을 닮은 뿔 때문에 '닭새우'라 부른다. 하지만 표준명 닭새우는 따로 있으므로 가시배새우라고 부르자.

도화새우

미국의 트럼프 대통령이 청와대에서 대접받았던 새우. 20cm 이상으로 자라는 비교적 대형종 새우이다. 독도새우 중 크기가 가장 크며 가슴에 흰 반점이 뚜렷하다.
부화 후 4년까지는 수컷이었다가 5년째에 암컷으로 성전환을 한다.

가장 큰 새우와 작은 새우

얼룩새우와 홍다리얼룩새우

얼룩새우와 홍다리얼룩새우는 각각 킹타이거와 블랙타이거 새우라 불린다. 얼룩새우는 자연산으로 그 크기가 아이 팔뚝만 한 것도 있다.
홍다리얼룩새우는 대량 양식이 되는데 사람들의 수요가 많아지자 숲을 파괴하고 타이거새우 양식장을 만드는 바람에 환경오염 이슈도 함께 대두되고 있다.

오븐에서 구운 버터구이!

젓새우

새우젓 재료로 쓰이는 몸집이 작은 새우.
특히 6월에 잡힌 것은 산란을 앞두고 살이 통통하게 올라 육질과 맛이 좋다.

어획 시기에 따라 다르게 불리는 젓새우

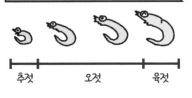

추젓   오젓   육젓

추젓) 가을에 잡힌 새우를 젓으로 담가, 그 다음 해에 꺼내 먹는 새우젓. 크기가 작은 만큼 살도 적지만 오래 묵히면 그만큼 풍미가 있다.

오젓) 음력 오월에 잡은 새우로 담근 오젓은 반찬, 찜, 국 등 다양한 음식에 사용된다.

육젓) 음력 유월에 잡힌 새우로 담근 육젓은 색이 희고 꼬리가 붉으며 맛이 고소해 새우젓 중에서도 최고로 친다.

새우보다는 가재에 더 가까운 비주얼, 가시발새우 (딱새우)

몸 전체가 딱딱해서 별명이 '딱새우'가 된 가시발새우. 날카로운 가시 때문에 살을 발라먹기 쉽지 않다. 그러나 그만큼 맛이 좋다.

가시발새우를 먹어보자.

1. 꼬리 자르기

2. 꼬리 껍질 벗기기

3. 중간 부분의 마디를 잡아 꺾기

4. 좌우로 흔들어 껍질과 살 분리하기

5. 먹자!!

← 20cm →

왼쪽과 같이 손질해서 초장에 찍어 회로 즐기거나 찜, 찌개로도 먹을 수 있다.

찜

찌개

긴 더듬이자 아름다운, 닭새우

집게발을 가진 바닷가재와 함께 '로브스터'로 취급되는 닭새우. 미국 대통령 트럼프가 일본에서 대접받은 새우이기도 하다. 닭새우는 집게발이 없는 대신 긴 더듬이를 가지고 있다. 찐 닭새우는 고급 요리로 취급된다.

닭+새우?

← 13cm →

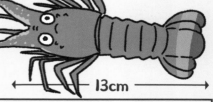

가시발새우는 선동으로 얼린 채 유통되며, 횟감으로 사용할 수 있다. 여름보다 겨울에 맛이 좋다.

TIP!

낚시하는 물고기, 아귀

입이 커서 아무거나 덥석 먹는다고 지어진 이름, 아귀.
옛날에는 못생긴 물고기라면서 잡히는 대로 버려지던 물고기이다. 버릴 때 텀벙텀벙 물소리를 낸다고 해서 '물텀벙'이라는 별명도 생겼다.

가슴지느러미는
조개껍데기처럼
생겼다.

아귀(餓鬼)란,
살아서 탐욕이 많았던 자가
사후에 굶주림의 형벌을
받아서 되는 귀신을 가리키는 것

이런
뜻이었다니…

몸이 위아래로 납작하고
전체적으로 까만 무늬가 있다.

입이 몸의 절반을 차지할 만큼
굉장히 크다. 이빨은 빗처럼
얇고 촘촘히 나 있다.

← 40~80cm →

아귀의 낚시법

입의 바로 위쪽에는 안테나 모양의
촉수(유인돌기)가 길게 나 있다.
아귀의 낚싯줄은 등지느러미의 가시가
변한 것이라고 한다.

먹이다!

마음대로 움직일 수 있고,
끝부분이 마치 하얀 천 같아서
좌우로 흔들면 마치 먹이 같다.

와앙!

바닥에 엎드려서 반쯤 몸을 묻고 있다가
촉수를 흔들어서 물고기를 유인한 뒤, 통째로
삼켜버린다. 소화력이 매우 강하여,
조기, 병어, 도미, 오징어, 새우 등을 통째로
삼켜서 소화할 수 있다.

겨울엔 아귀의 살이 꽉 차고 영양이 풍부해진다. 아귀를 맛있게 먹어보자~

1. 아귀찜

가장 대표적인 아귀요리!
단단한 아귀 살에 아삭한 콩나물, 매콤한
양념의 조합!

2. 아귀 수육

아귀요리의 꽃이라 불리는 아귀수육.
아귀 살, 아귀 위, 아귀 간 등 다양한 식감과
맛을 느낄 수 있다. 아귀는 익혀도 형태가
유지되기 때문에 뜯어먹는 재미가 있다.

3. 아귀 지리

시원하고 담백한 맛의 아귀지리.
아귀 본연의 맛을 즐길 수 있는
요리이다.

4. 아귀 간

세계 100대 진미.
아귀의 값어치는 간의 크기와 비례한다고 한다!
담백한 맛은 세계 3대 진미 중 하나인
거위 간 요리 푸아그라와 비교되기도
한다. 유자폰즈 소스를 곁들여 먹는다.

5. 아귀튀김

생선튀김 중에서 고급 요리로 꼽히는 아귀튀김.
살이 부드럽고 비린내가 없어 아이부터
어른까지 모두 맛있게 즐길 수 있다.

5. 아귀 부르기뇽

와인과 즐기는 아귀요리!

이제야 날
사랑해 주는구나.

TIP!

싱싱한 아귀는 판매할 때 간이 배 밖으로 나와 있고 탱글탱글하면서 밝은 노란색을 띠고
있다.

일본의 국민생선, 전갱이

등푸른 생선의 일종! 일본에서 국민생선으로 사랑받는 전갱이. 떼로 몰려다니면서 밑밥에 빠르게 반응해 초보 낚시꾼들도 심심찮게 잡아낸다. 전갱이는 방패비늘(모비늘)이라고 하는 황색의 특별한 비늘이 머리 뒤에서 꼬리자루까지 한 줄로 이어져 있다.

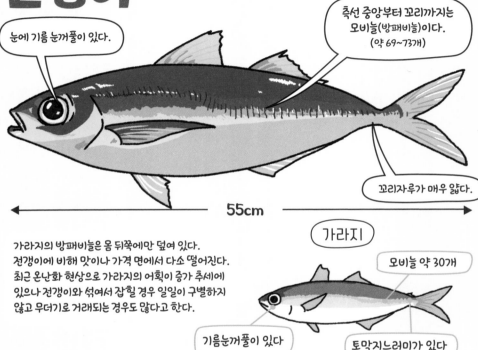

눈에 기름 눈꺼풀이 있다.

측선 중앙부터 꼬리까지는 모비늘(방패비늘)이다.
(약 69~73개)

꼬리자루가 매우 얇다.

55cm

가라지

모비늘 약 30개

가라지의 방패비늘은 몸 뒤쪽에만 덮여 있다. 전갱이에 비해 맛이나 가격 면에서 다소 떨어진다. 최근 온난화 현상으로 가라지의 어획이 증가 추세에 있으나 전갱이와 섞여서 잡힐 경우 일일이 구별하지 않고 무더기로 거래되는 경우도 많다고 한다.

기름눈꺼풀이 있다

토막지느러미가 있다

전갱이의 방패비늘?

꼬리 부분에 마치 수술 자국처럼 생긴 비늘이 있다! 모비늘 또는 방패비늘이라고 부른다. 어린 전갱이가 아닌 이상 제거하고 먹어야 한다.

방패비늘의 역할?

매우 단단하기 때문에 포식자로부터 몸을 방어하고, 측선기관의 연장선에 있기 때문에 공간을 인지하는 안테나 역할을 한다. 동료들과 떼 지어 다닐 때 일정한 간격을 유지하며 일사불란하게 움직일 수 있는 비결이 아닐까!

전갱이의 방패비늘을 제거해보자.

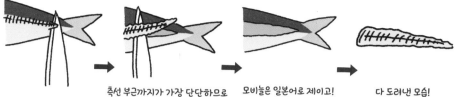

축선 부근까지가 가장 단단하므로
여기까지 도려낸다.

모비늘은 일본어로 제이고!
영어로 스큐트!

다 도려낸 모습!

전갱이는 언제 맛이 좋을까?

전갱이는 여름철 대표적인 초밥 재료! 연중 먹을 수 있는 생선이지만 제철은 여름부터 가을까지이
다. 7월부터 속살에 기름기가 오르기 시작해 11~12월 되면 그 맛이 절정을 이룬다. 일본인들은 이
무렵의 전갱이가 너무 맛있기 때문에 '맛'이란 의미의 '아지'라고 부르면서 즐겨 먹는다.

1. 전갱이회

전갱이 회는 일반적인 회 뜨기보다는 껍질째 회를
떠서 먹는 것이 맛있다. 물론 전갱이 옆줄에 붙어
있는 딱딱한 방패비늘은 떼어 낸다.
포 떠서 그냥 썰어먹기도 하지만, 일식에선 소금에
절이고 헹군 뒤 식초에 살짝 절여 회와 초밥으로 즐긴다.

2. 전갱이 초밥

▷ 생강

전갱이는 생강과 궁합이 좋아
전갱이 초밥에 간 생강이 올라가는 경우가 많다.

3. 전갱이 튀김

어린 전갱이는 방패 비늘을
분리하지 않고 통째로
튀겨먹거나 구워 먹을 수 있다.

가을~겨울철 대형마트나 수산시장에서 길이 35cm가 넘어가는 일명 슈퍼전갱이가 보인다면
꼭 사서 구워 먹어보자!

부채인 줄 알았어요, 가리비

부채 두 개가 딱 붙어있는 모양의 가리비! 부채조개, 주걱조개로도 불린다. 다른 조개보다 가격이 저렴하고, 쫄깃한 식감에 국물이 잘 우러나 여러 방법으로 조리된다.
초겨울이 제철이며 양식이 대부분이다. 자연산과 마찬가지로 플랑크톤만 먹고 자라기에 맛 차이가 크지 않다.

패각의 색깔은 종류에 따라 붉은색, 자색, 노란색, 흰색 등 다양하다.

큰 가리비의 패주(관자) 부분은 예로부터 고급 식재료로 이용되고 있으며 최근에는 통조림, 냉동품, 훈제품 등으로 개발되고 있다.

5~10cm

부채 부분에 코를 대고 냄새를 맡아 확인해보자. 역한 냄새가 난다면 상한 가리비일 가능성이 높다.

헤엄치는 조개로도 알려져 있는데 위협을 받아 빠르게 이동할 때 두 개의 패각을 강하게 여닫으면서 수중으로 몸을 띄워 움직인다.

폴짝

이 많은 점들이 다 눈이라고..!!

가장자리에 있는 여러 개의 푸른색 점은 가리비의 눈이다. 30~40개의 눈알을 이용해 주위를 경계한다.

조개의 여왕, 대합

개조개라고도 한다. 전복에 버금가는 고급 패류로, 궁중 연회식에 쓰이곤 했다. 껍질로는 바둑돌을 만들고, 태워서 만든 석회는 고급 물감으로 쓴다. 다른 조개와 달리 필요한 때를 제외하고는 입을 열지 않는다 하여 정절에 비유되었다. 모양이 예쁘고 껍질이 꼭 맞게 맞물려서 '부부화합'을 상징하기도 한다.

껍데기가 크고 매끈하며 동심원 모양으로 아주 가는 줄무늬가 나 있다.

입을 벌리고 혀(?)를 쭉 빼고 있는 대합은 죽은 것이다~!!

← 8.5cm →

어른 손바닥만큼 큰 대합조개

대합을 먹어보자.

싱싱한 대합은 너무 오래 끓이면 질겨져 맛이 없어지기 때문에 살짝 익혀서 먹는 것이 좋다.

껍질째 올려 끓여먹는 대합 양념구이. 밥을 비벼 먹어도 맛있다.

물총조개라고도 불리는, 동죽

둥근 삼각형 모양의 동죽조개는 물총조개, 동조개 등으로 불리기도 한다. 동죽은 봄이 제철이다. 과거 갯벌 여기저기가 동죽조개였을 정도로 무척 풍부했지만 요즘에는 조개 자원이 많이 없어져 귀한 대접을 받고 있는 조개 중 하나다.

조개껍질의 도드라진 부분이 크고 높게 돌출되어 있다.

물속에서 관을 쭉 빼고 분수처럼 물을 쏜다.

몸 앞쪽이 둥글다.

3~4cm

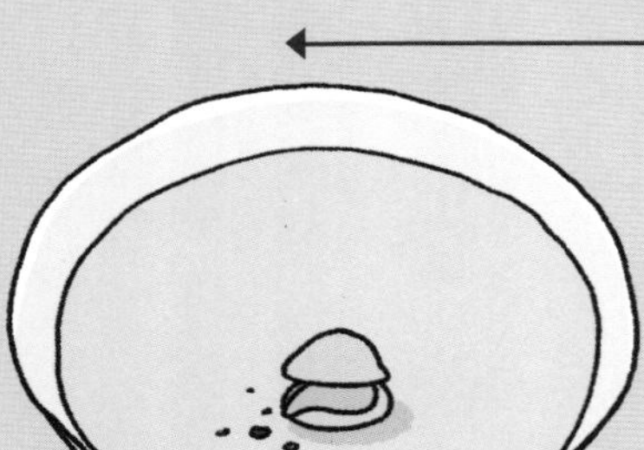

조개는 주로 갯벌 속에 살기 때문에 소화기관에 뻘이나 모래 등 이물질이 들어있어 이를 제거해야 한다. 이런 과정을 '해감'이라고 한다. 살아 있는 조개를 맑은 바닷물이나 소금물에 반나절 이상 담가 두면 입을 벌리고 이물질을 뱉어낸다.

조개를 건드렸을 때 바로 입을 다무는 것이 신선한 것이다.

톡!

크기가 작아 굽기보다는 탕이나 국물요리에 이용된다.

풋고추와 함께 먹으면 동죽의 철분 흡수를 돕고, 조개 특유의 비린 향을 제거한다.

봉골레의 주인공, 가무락 (모시조개)

진짜 이름은 가무락조개. 껍데기가 검은색이라 '가무락'으로 불리기도 하고, 모시처럼 고와서 '모시조개'라고도 부른다. 감칠맛을 내는 호박산이 많아 국이나 탕에 들어가 시원한 국물을 우려내는 조개이다. 산란은 6~7월에 하며, 제철은 가을부터 이듬해 초봄까지다.

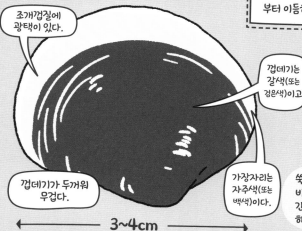

조개껍질에 광택이 있다.

껍데기는 갈색(또는 검은색)이고

껍데기가 두꺼워 무겁다.

가장자리는 자주색(또는 백색)이다.

← 3~4cm →

남해와 서해에 분포되어 있는데 특히 서해의 개펄이나 영견 저수지같이 수심이 얕은 곳에서 산다.

쑥갓을 곁들이면 부족한 비타민을 보충할 수 있다. 간장 보호에도 좋아 숙취 해소용으로 많이 쓰인다.

조개구이에 빠지면 섭섭한 대형 조개, 키조개

마치 곡식 따위를 까부르는 키를 닮았다 하여 '키조개'라는 이름이 붙었다. 살아있는 키조개를 손질할 때 갑자기 입을 다무는데 힘이 매우 세기 때문에 부상에 주의해야 한다.

껍데기는 얇아 잘 부스러진다.

키조개의 구조

전복, 대합과 함께 고급 조개로 취급되는 키조개는 관자 부분을 주요 식재료로 사용한다. 쫄깃한 관자는 회, 초밥, 샤부샤부, 구이 등 다양하게 조리된다.

껍데기의 폭이 좁고 아래로 점점 넓어지는 삼각형 모양

← 30cm →

피망이 조개에 부족한 비타민 A와 C를 보충해 주어 단백질과 비타민을 동시에 섭취할 수 있다.

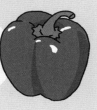

새를 품은 조개, 새조개

새조개는 새부리 모양과 비슷하게 생겨서 붙여진 이름. 해방되던 해에 남해와 서해에 많은 물량이 들어와 '해방조개'라고도 불렸고 경남지역에서는 '갈매기 조개', 여수에서는 '도리가이'라고도 부른다. 겨울~봄이 제철이며, 특유의 쫄깃한 식감과 달콤한 맛이 일품이다. 크기가 클수록 맛있다.

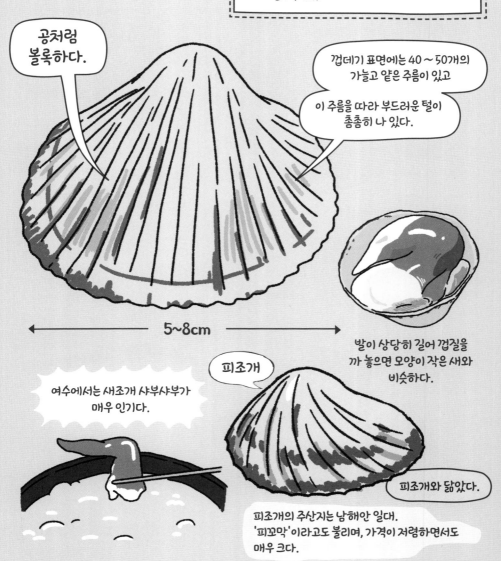

공처럼 볼록하다.

껍데기 표면에는 40 ~ 50개의 가늘고 얕은 주름이 있고

이 주름을 따라 부드러운 털이 총총히 나 있다.

5~8cm

발이 상당히 길어 껍질을 까 놓으면 모양이 작은 새와 비슷하다.

여수에서는 새조개 샤부샤부가 매우 인기다.

피조개

피조개와 닮았다.

피조개의 주산지는 남해안 일대. '피꼬막'이라고도 불리며, 가격이 저렴하면서도 매우 크다.

대나무를 닮은 조개, 맛조개

길쭉하게 생겨 보는 재미도 있고, 잡는 재미도 있는 신기한 조개. 죽합, 개맛, 참맛, 끼맛, 개솟맛 등 다양한 이름으로 불린다.

갈색 껍데기 안에 길쭉하고 하얀 살이 들어있다.

대나무처럼 가늘고 긴 원통형이다.

10~15cm

맛조개의 살은 부드러워, 삶아 먹거나 구워서 초고추장에 찍어 먹는다! (맛조개는 별도의 해감이 필요하지 않아 바로 먹을 수 있는 조개이다.)

맛조개 직접 캐먹기!

① 썰물의 갯벌에서 맛조개 구멍을 찾아보자.
모래 표면에 드러난 구멍보다 삽으로 살짝 떠냈을 때 나타나는 구멍을 찾는 것이 더 효율적이다.

② 뽕! 쏙!

구멍은 주로 약 1cm 정도의 타원형이다. 구멍에 맛소금을 뿌리고 조금 기다리면 맛조개가 모습을 드러낸다. 절반 이상 나올 때까지 기다렸다가 껍데기와 속살을 같이 잡아 뽑아내자.

③ 와! 많이도 캤다!

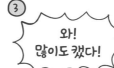

피부에 좋은, 홍합

우리나라 전 연안 및 남해안에 많이 분포하며 암초지대에 부착하여 생활한다. 성질이 따뜻해 피부를 매끄럽고 윤기 있게 가꿔준다고 하여 중국에서는 동해부인(東海夫人)이라고도 부른다. 늦겨울에서 초봄이 제철이다.

껍데기는 갈색이나 흑색을 띠며 광택이 있고 성장선이 뚜렷하다. 껍데기의 안쪽은 검은 자색으로 매끈거리면서 진주광택이 난다.

지중해 담치라고도 한다!

전체적으로 긴 달걀모양이다.

지중해 담치와 참담치(섭) 크기비교

참담치(섭)

지중해 담치

겉에 해조류나 따개비 무리가 많이 부착한다.

약 8cm

5~9월에 채취한 홍합에는 마비, 언어장애, 입 마름 등을 일으키는 '삭시토신(Saxitoxin)'이라는 독소가 들어 있기도 하므로, 겨울철에 먹는 것이 안전하다.

홍합을 삶아 말린 것을 담채라고 하는데 구한말, 이것을 중국에 수출하기도 했다. (약재로도 사용되었다)

홍합은 사람의 피를 맑게 해주고 몸이 허약한 사람에게 기를 보충해주며 간에도 좋다고 한다.

작고 귀여운 조개, 재첩

작고 까만 삼각형 모양의 조개. '갱조개'라고도 불린다. ('강 조개'에서 유래됨) 바닷물과 민물이 만나는 깨끗한 곳에서 자란다. 추운 겨울을 모래 속에서 지내고 날씨가 따뜻해지면 수면으로 떠올라 5~6월경부터 채취할 수 있다.(이때 잡은 것이 향이 좋고 살이 통통하다)

1~2cm

모랫바닥에 사는 개체는 황갈색, 모래펄에서 서식하는 개체는 검은색에 가깝다.

둥근 삼각형 모양으로 표면에 광택이 난다.

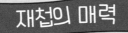

재첩의 매력

서식환경에 따라 달라지는 색깔!

비타민과 무기질이 많아 간 기능 개선 및 시력증진에 좋다.

으어어....

맛 좋고 건강에도 좋아 나른한 봄에 입맛을 살려주는 고마운 식재료~! 영양밥으로도, 국으로도 훌륭하다. 아주 작은 조개지만 그 국물 맛은 어떤 조개와도 비교할 수 없다.

간 해독작용을 촉진하는 타우린이 풍부하게 들어있어 해장국으로 가장 많이 요리된다.

시원한 국물을 내는, 바지락

우리나라 사람들이 가장 많이 먹는 조개류, 바지락!
예로부터 중요한 단백질 공급원이었던 바지락! 정약전 선
생님은 『자산어보』에 바지락을 '천합(淺蛤)'이라는 이름으
로 소개하며 '살도 풍부하고 맛이 좋다'라고 기록했다.

흰색 바탕에 검은색 또는 황갈색의 무늬가 있다.

바지락 조갯가루를 헝겊 주머니에 넣고 달여서 차 마시듯 하면 치아와 뼈를 튼튼하게 해주는 등 인체에 칼슘을 보충해 준다.

자라는 지역에 따라 모양이 다양하다.

2~3cm

서해안 바지락은 펄에서 자라 거무스름

남해안 바지락은 모래에서 자라 노르스름

호미로 파면 '바시락바시락' 소리가 난다고 해서 '바지락'이라는 이름이 붙었다.

TIP! 힘주어 벌렸을 때 껍데기가 쉽게 벌어지면 죽은 것. 고약한 냄새가 나는 것은 버린다.

광어가 좋아?
내가 좋아?
조피볼락
(우럭)

넓치와 함께 대표적인 양식 어종. '조피볼락'이 표준명칭이다[조피(粗皮)는 '식물의 줄기나 뿌리 따위의 거칠거칠한 껍질'이라는 뜻]. 정약전 선생님은 『자산어보』에서 조피볼락을 '검어'로 지칭했다. 조피볼락은 겨울에 빠르게 성장하고, 여름에 수온이 높아지면 잘 먹지 않고 성장이 느려진다.

등지느러미에는 강한 가시들이 있다.

눈이 크고 동그랗다.

아래턱이 위턱보다 튀어나온 주걱턱이다.

온몸이 거뭇하다. 배 쪽은 연한 잿빛이 돈다.

꼬리지느러미의 위아래가 하얗다.

60cm

낚시꾼들이나 상인들은 크기가 큰 우럭을 '개우럭'이라 부른다.

왈..!

5~6월에 새끼를 낳는다. 엄마 배 속에서 수십만 마리가 빠져나온다.

갓 태어난 새끼는 7mm 안팎!

『전어지』에는 우럭을 '울억어'로 표현
鬱抑魚
답답할 울 / 누를 억 / 물고기 어

꽉 막히고 답답한 느낌의 이름!!

'고집쟁이 우럭 입 다물 듯'이라는 속담은 입을 꾹 다물고 말하지 않는 답답한 상황을 뜻한다.

잘 낚이던 우럭이 주변 환경 변화에 따라 갑자기 입질을 하지 않는 데서 생긴 말이다.

흠…

속 터져!

우럭의 자연산과 양식을 비교해보자.

자연산

몸의 무늬가 규칙이 없고 거친 패턴을 보임.
회갈색이며 크기가 크다. 1~2kg

껍질을 탈피했을 때 붙어 나오는
'껍질 막'의 색상: 밝은 황색
근육: 뽀얀 우윳빛(지역에 따라 살짝 붉기도)

양식

몸의 무늬가 고르고 일정함. 짙은
흑갈색이며 크기가 작다. 700~800g

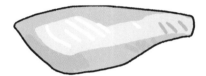

껍질을 탈피했을 때 붙어나오는
'껍질 막'의 색상: 짙은 회색
근육: 연한 베이지

많이들 헷갈리는 조피볼락과 띠볼락 구분하기

조피볼락은 위턱에
3개의 날카로운
가시가 있다.

띠볼락은
위턱에 가시가
없이 매끈하다.

조피볼락

띠볼락

띠볼락은 꼬리지느러미에 푸른빛이 돈다.
조피볼락보다 고소한 맛이 한 수 위이다.
(차고 깊은 수심에 서식하기 때문)

다양한 우럭 요리!

비타민 A가 풍부한 우럭.
피로 해소, 간 기능 향상에 도움이 된다.
칼슘과 철분의 함유량도 높은 편이라 성장기 어린이, 성인의 골다공증 예방,
빈혈 완화에도 효과가 있다.

1. 우럭회

우럭은 머리가 커서 수율(약 30%)은 좋지
않으나, 탄탄한 식감과 풍부한 맛 때문에
훌륭한 횟감으로 친다. (냉수성이라 찬물에
서식해 육질이 단단하고 쫄깃하다.)
그중에서도 아가미뚜껑에 붙어 있는
볼살은 최고의 식감을 자랑한다. 겨울부터
초봄까지 제철이며 자연산과 양식이 크게
다르지 않다.

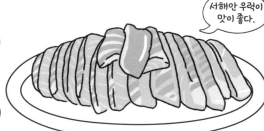

> 서해안 우럭이
> 맛이 좋다.

2. 우럭 매운탕

시원하고 얼큰한 우럭매운탕.
우럭은 맛이 담백하고 시원한 국물 맛을 낸다.
칼칼한 우럭 매운탕은 훌륭한 술안주!

3. 우럭구이

말린 우럭을 팬이나 석쇠에 구운
요리이다. (우럭을 말려 구워 먹은
것은 오래 보관하기 위해서였다.)
담백하면서 쫀득한 맛을 느낄 수
있다.

4. 우럭찜

찜 요리 또한 반건조 우럭을 사용한다. 반건조 우럭 조리
시에는 아가미 부분을 꼭 제거해 주어야 한다(덜 말라서
부패 가능성이 높음). 촉촉하고 꼬들꼬들한 우럭의 맛을 느낄 수
있다.

TIP!

찜과 구이는 말린 우럭이, 탕은 생우럭이 맛있다. 양식 우럭회는 700g 이상, 자연산은 1kg
이상이 맛있다.

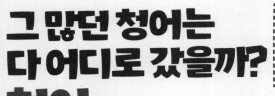

그 많던 청어는 다 어디로 갔을까? 청어

겨울에서 초봄까지가 제철. 기름진 맛이 일품인 붉은 살 생선이다. 과거엔 많은 어획량으로 서민 생선의 대표주자였다. 값싸고 맛있지만 잔가시가 많아 손이 많이 간다.

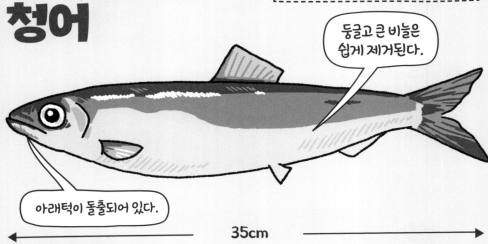

둥글고 큰 비늘은 쉽게 제거된다.

아래턱이 돌출되어 있다.

35cm

X-ray

사촌인 전어와 마찬가지로 잔가시가 많아 뼈째 씹어먹는다.

식당에서는 살에 잔칼집을 내거나 핀셋으로 일일이 가시를 제거한 뒤 조리한다.

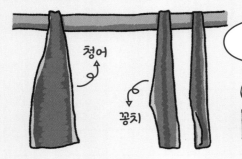

청어

꽁치

흔하던 시절엔 원조 과메기의 재료. 지금은 꽁치 과메기가 대부분이다.

선배님

꽁치

청어

엣헴

다양한 청어 요리!

소금구이

큰 뼈만 발라내고 나머지 잔뼈들은
꼭꼭 씹어먹는 고소한 생선구이.

니싱소바

청어와 메밀의 조합!

초밥

잔가시를 일일이 발라서 밥
위에 얹은 고소하고 기름진 초밥.

이 노란색 알이
바로 청어알

청어알 초밥

그리고… 세계에서 가장 악취가 심한
음식이라는 스웨덴의 '수르스트뢰밍'이
바로 청어로 만든 통조림이다.

식도락을 즐긴다고 자처하는
많은 사람들의 도전이 끝이지 않는다.

TIP!

횟감, 구이용 모두 큰 것이 맛있다. 구이를 바짝 익히면 가느다란 잔가시는 씹어먹어도 된다.

CHAPTER 5
더 넓은 바다

유독 맛이 궁금해지는, 고래

고래는 세계적으로 90여 종에 이른다. 한반도 주변 해역에도 30여 종이 서식하는 것으로 알려졌다. 울산의 명물로 널리 알려진 고래고기. 실제 울산을 방문하면 고래고기 음식점을 심심치 않게 발견할 수 있다. 그러나 국내에서 조사나 연구 목적이 아닌 고래 포획은 불법이다. 그렇다면 수많은 고래고기 음식점은 어떻게 영업을 이어가는 걸까?

머리가 매우 뾰족하다.

등지느러미가 뒤로 굽어있고 몸의 2/3 정도에 위치해 있다. 성체의 몸길이는 9m 정도이다.

밍크고래!

이미 죽은 고래의 경우 고기 유통을 허락하기 때문에 가능한 것!

어업용으로 설치해 둔 그물망에 우연히 고래가 걸려 죽었을 때 '혼획'으로 인정받아 고기로 유통할 수 있다. '혼획'이란 '어로활동 시 고래류가 부수적으로 어획된 것'을 뜻한다.

그렇다면, 고래고기의 맛은 어떨까?

우리나라와 일본·에스키모 등이 대표적으로 고래고기를 즐긴다. 밍크고래와 참고래 등 수염고래류가 식용 고래로 인기를 끌고, 이빨고래류는 특유의 짙은 체취 때문에 꺼린다.

고래고기는 바다에서 살아 육질은 생선회처럼 부드럽고, 포유류여서 소고기와 비슷한 맛도 난다고 한다. (일본에서는 말고기를 고래고기로 속여 팔다가 붙잡힌 사례도 있다.) 1980년대 이전만 해도 고래고기는 대표적인 서민 음식이었다. 무를 넣고 소고깃국처럼 끓여 먹거나 기름기 있는 부위로 두루치기 하듯이 볶아 먹기도 했다.

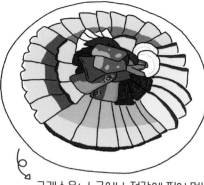

고래고기는 어떻게 먹을까?

수육, 회, 튀김, 전골, 찌개, 초밥,
스테이크 등 다양하게 먹는다. 지방이
많아 고소하면서 풍미가 있다. 그러나
열량이 높으니 다이어터들 주의! (사실
호불호가 많이 갈리는 맛!)

고래수육: 소금이나 젓갈에 찍어 먹는다.

고래고기 맛은 부위별로 12가지나 된다고!

고래고기의 참맛을 즐기려는 미식가들은 소금이나 멸치 젓갈에 찍어 먹는다.
하지만 대중들에게는 고래고기 특유의 냄새 때문에 호불호가 갈리기도 한다.

고래잇몸
수염 끝부분 물렁뼈

수구
고래의 숨구멍

흑피
등살(바가지살), 살코기가
잘 배합된 부위

등지느러미
지방으로 구성된 부위

꼬리
'오베기'라 부르기도.
오돌오돌 씹는 맛

우네
뱃살, 입에서 살살
녹는 부드러움

하씨
날개와 몸통을 잇는 부분,
지방으로 구성된 부위

고래 특수부위
콩팥, 염통, 허파 등 짙은
체취를 내는 내장

고래는 클수록 맛있는데 그중 으뜸은 참고래다. 그다음은 밍크고래이고 돌고래나 상괭이는
하급에 속한다.

FTA이후 한결 만나기 쉬워진, 바닷가재

우리나라로 수입되는 바닷가재는 대부분 미국과 캐나다 산이다. 바닷가재는 차갑고 맑은 물에서 각종 어류와 갑각류 등을 먹고산다. 9~10월 이후로는 산란을 마친 랍스터가 들어오므로 가을에서 겨울 사이는 암컷보다 수컷이 살수율 면에서 유리하다. 제철은 1~5월이다.

머리에는 2쌍의 촉각이 있다.

눈 바로 아래에 소변 분비구가 있다.

머리에 2개의 위가 있고, 위 안에 이빨도 달려있다. 먹이를 먹으면 첫 번째 위가 먹이를 부수고 바로 뒤에 있는 두 번째 위로 이어지면서 소화를 한다.

바닷가재는 크게 2종류이다.

캐나다 노바스코샤주

호주 남서부

30~80cm

바닷가재는 수온이 낮은 물에서 서식해야 살도 꽉 차고 단단한 상태가 되어 최상품으로 친다. 대서양 해안의 차가운 물에서 자란 것은 5월에 살이 가장 많고 영양분이 풍부하다.

5쌍의 다리가 있다.

싸우거나 교미할 때 서로 얼굴에 소변을 보는 것으로 의사를 전달한다.

두 집게발은 모양이 다르다. 하나는 부수고 다른 하나는 자르는 역할을 한다.

바닷가재의 암수구분

바닷가재의 암수를 구분하는 이유는 생존력과 살수율의 차이가 있기 때문이다. 암컷 바닷가재는
생존력이 약하고 산란기에는 살수율이 좋지 않다. 때문에 우리나라는 생존력이 강하고 집게발이 크며
살수율이 좋은 수컷을 선호한다. 반면 유럽 및 중국은 알이 밴 암컷 바닷가재를 즐겨먹는다.

① 몸통을 뒤집으면 가슴과 배를 잇는
부근에 작은 다리가 있는데 이
다리 모양으로 암수를 구분한다.

② 알을 품어야 하는 암컷은
수컷보다 꼬리의 폭이 넓고 깊다.

③ 꼬리의 옆 모양이
날카로우면 수컷, 둥글면 암컷이다.

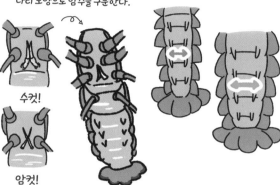

수컷!

암컷!

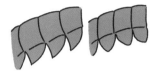

우리나라로 수입되는 캐나다 및
미국 동부의 랍스터 산란철은
5~10월경이고, 4~7월경 알이 꽉
찬 랍스터가 나온다. 랍스터의
제철은 1~5월이지만, 수입은 연중
되고 있다는 사실~!!

바닷가재 잘 고르는 방법

살수율이 높은 것으로
골라야겠지요~?

살수율: 게나 새우
따위의 수산물에서,
순살 비율. 이것이
높을수록 살코기의
비율이 높다.

대게나 킹크랩은 다리를 눌러서 살수율을
확인할 수 있지만 바닷가재는 집게 부분이
워낙 단단하여 판별 불가능! 그렇다면 살이 꽉
찼는지를 어떻게 알 수 있을까?

① 가슴 부분을 눌러 판단해야 한다.
눌렀을 때, 단단하면 살수율이 좋고,
말랑말랑하면 살수율이 낮다.

② 뒤집어서 꼬리의 하얀 부분을 눌렀을 때,
탱탱하면 살수율이 좋고, 푹 들어가면
살수율이 낮다.

③ 집게발과 등 부분이 깨지지 않았는지 잘
살핀다.

바닷가재 요리법

1. 바닷가재 찜

비린내를 잡기 위해 맛술을 조금 넣고 찜통에 쪄서 먹는 요리. 탱글탱글한 속살이 일품이다.

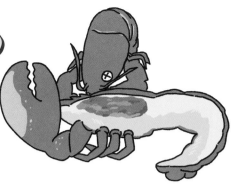

2. 바닷가재 회

늘 찜 요리만 먹던 당신,
회로 색다른 바닷가재의 맛을 느껴보는
건 어떨까. 담백하고 은은한 단맛이
매력적이다.

3. 바닷가재 버터구이

버터를 바닷가재에 올리고 에어프라이어에
조리한 요리. 로브스터 배송업체를 통해
저렴하게 구매해 집에서 만들어 먹으면
외식하는 기분을 낼 수 있다.

남은 부위를 넣고 라면을
끓여먹기도 한다.

TIP! 너무 큰 것보다는 한 마리당 1kg 내외가 가장 좋다. 냉동은 짤 수 있으니 유의!
보관 시 한차례 쪄서 자숙 상태로 만든 다음 진공 포장해 냉동 보관하면 오래간다.

흐-르는 강물-을
거-꾸로 거슬러
오르는,
연어

강에서 태어나 바다로 나갔다가 알을 낳을 때가 되면 어김없이 돌아오는 물고기, 연어(年魚). 바다에서 살 때는 등이 짙은 파란색, 배는 은빛이다. 3~5년 정도 바다에서 지내다가 강을 오르기 시작하면 아무것도 먹지 않고 물살을 거스르며 돌을 뛰어올라 고향에 온다. 알을 낳고는 눈을 감고, 알에서 깨어난 새끼는 작은 물벼룩을 잡아먹으며 5~7cm쯤 컸을 때 바다로 나간다. 연어는 수온이 20도 이상으로 올라가면 폐사한다.

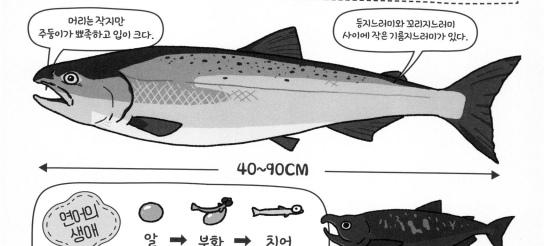

머리는 작지만
주둥이가 뾰족하고 입이 크다.

등지느러미와 꼬리지느러미
사이에 작은 기름지느러미가 있다.

40~90CM

연어의 생애

알 ➡ 부화 ➡ 치어

순치 ➡ 성장어 ➡ 성어

알을 낳으려고 강으로 돌아온 연어는 몸이 까맣다. 수컷은 주둥이가 앞으로 튀어나와서 갈고리처럼 휘어진다.

아낌없이 주는 연어

강에서는 곰이나 독수리 등
산짐승의 먹이가
되어주고

바다에서는 물개나
상어의 먹이가 되고

연어 시체는 강 근처
식물들의 영양분이 된다.

연어는 태평양연어와 대서양연어로 나눌 수 있다. 태평양연어는 왕연어, 홍연어, 은연어, 시마연어, 스틸헤드, 곱사연어로 총 7종류. 대서양연어는 아틀란틱 연어, 브라운 송어가 있다.

왕연어   연어 중 가장 크게 성장하고 맛과 품질이 좋지만 해외에서만 접할 수 있다(국내에서 생연어로 만나기 어렵다). 대부분 미국, 캐나다, 유럽, 일본에서 수입하여 국내에서는 대부분 훈제로 유통된다.

홍연어   연어계의 2인자. 홍연어는 드넓은 바다를 헤엄치는 까닭에 지방량이 적어 살이 단단하고 담백하다. 캐나다, 알래스카에서만 잡히는 귀한 어종이며 양식이 불가해 자연산으로만 유통된다. 국내에서는 냉동으로 유통되고 있다.

은연어   왕연어와 홍연어의 뒤를 이은 3인자. 2016년 11월부터 국내에서 양식을 시작했다(강원도 고성). 수입 연어를 대체할 수 있다는 반가운 소식~!

아틀란틱 연어   노르웨이산 양식 연어의 대표. 전 세계 유통의 절반을 차지하는 대서양 연어(세계 생산량의 53%). 어디선가 자연산 아틀란틱 연어를 판매하고 있다면 일단 의심! 우리나라뿐만 아니라 전 세계에서 아틀란틱 연어 자연산의 포획, 유통은 불법이기 때문.

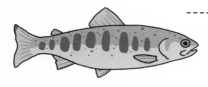

송어   송어는 강에서 태어나 바다로 나가는 강해형과 민물에 남는 육봉형으로 나뉜다. 바다로 나간 강해형은 바다송어, 시마연어, 체리연어라 불리고, 강에 남는 육봉형은 산천어라 불린다.

연어   한반도로 회유하는 몇 안 되는 연어로 해마다 8~9월이면 동해 남대천으로 거슬러 올라와 산란한다. 맛과 품질은 다른 연어 종류에 비해 다소 떨어지는 편이다.

연어가 궁금하다

세계 10대 푸드로 선정된 연어는 다양한 영양성분을 가지고 있다.
(유일한) 단점은 칼로리가 높다는 것. (100G 당 약231kcal)

궁금증 풀기!!

자연산 VS 양식

영양성분
강에서 바다, 다시 강으로 오는
과정에서 좋은 영양분이 연어의 몸에
축적, 활동량이 많아 지방이 빠지기
때문에 온전히 영양분만 몸에
남아있다.

자연산
WIN

맛
가두리양식으로 인해 활동량이 적고
영양분은 적지만 기름기가 많아
부드럽고 식감이 좋다.

양식
WIN

궁금증 풀기!!

자연산 연어와 양식 연어의 살빛 차이

연어의 색깔은 먹이에 따라 변한다.
원래는 흰 살 생선이나, 연어의 주식인
갑각류 때문에 몸의 색상이
붉게 변한 것이다.
양식은 크릴, 게 등 갑각류에
들어있는 아스타잔틴이라는 성분을
먹이로 주어 색상을 붉게 만든 것이다.
즉, 자연산과 양식의 색깔 비교는
의미가 없다.

옛 선조들도 연어를 즐겨먹었다(주로 건제품,
염제품으로 가공해 먹고, 알은 젓갈로 담가 먹었다).

연어는 동해에 있는데 알젓은 좋은 안주
- 『성소부부고』, 허균

연어 맛있게 먹기

| 연어회 | 연어 스테이크 | 훈제 연어 샐러드 | 연어 초밥 |

연어장

연어 브루스게타
치아바타나 바게트빵에
올리브오일을 바르고 오븐에 살짝
구운 후에 연어로 채소를 감싸 그
위에 올린 음식

TIP!
스테이크는 반드시 껍질이 있는 연어를 구매하고, 횟감은 대형마트나 수산시장에서 판매되는
생연어를 구매하면 된다.

부위별로 먹는 재미가 있는, 참치

등 쪽에 짙은 청색을 띠고 있는 고등어과의 '참치'는 다랑어류 중 참다랑어를 지칭하는 단어이다. 참치는 보통 냉동으로 유통되는데, 근육에 혈액이 많아 부패가 쉬워 잡은 즉시 머리와 내장을 제거하고 저온에서 냉동하기 때문이다. 11~3월이 제철이다.

몸통이 뚱뚱하고, 방추형에 가깝다. 몸높이가 높다.

모든 지느러미는 노란색이다.

주둥이가 길고 끝이 뾰족하다

1.5~4m

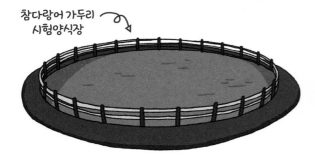

참다랑어 가두리 시험양식장

우리가 먹는 참치는 대부분 냉동이며 축양이다. 북방참다랑어의 경우 지중해(스페인산 등)와 멕시코 만에서 길러진 것이고 남방참다랑어는 호주에서 길러져 들어온다. 지중해나 멕시코에서 축양 및 출하한 참치를 기절시켜 항공 수송으로 가져오기도 한다.

그럼 국산은 없나요?
국산 참다랑어도 있다. 국산 참다랑어는 축양과 자연산으로 나뉘는데 축양은 통영 욕지도 해상 가두리에서 3KG의 어린 참다랑어를 약 22개월간 키워 출하한 것으로 출하할 때 무게는 30KG에 육박한다. 자연산은 동해 및 제주도 인근 해역에서 잡힌 것을 뜻하며, 원양어선이 아닌 근해에서 전문 참치잡이 어선은 많지 않다.

축양이란?
자연에서 참다랑어 치어를 채집해 커다란 해상 가두리에 가두어 키우는 것으로 양질의 사료를 먹여 키우기 때문에 자연산 참치보다 수은 등의 중금속 함유가 낮은 편이고, 더 기름지다.

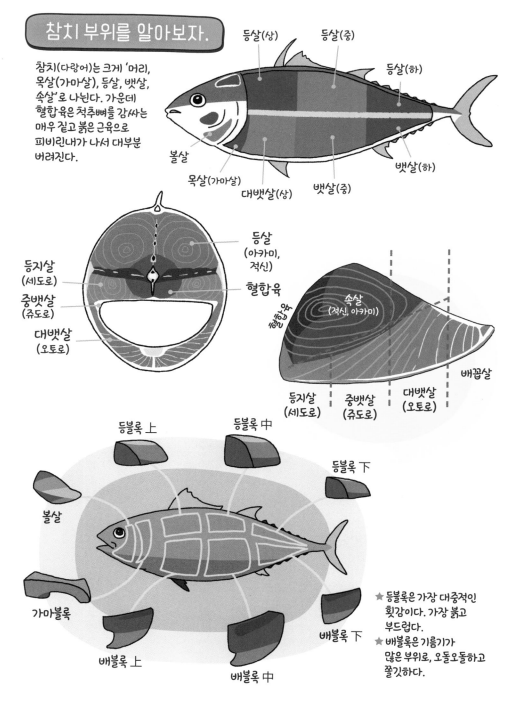

참치 부위를 알아보자.

참치(다랑어)는 크게 '머리, 목살(가마살), 등살, 뱃살, 속살'로 나뉜다. 가운데 혈합육은 척추뼈를 감싸는 매우 짙고 붉은 근육으로 피비린내가 나서 대부분 버려진다.

등살(상)

등살(중)

등살(하)

볼살

목살(가마살)

대뱃살(상)

뱃살(중)

뱃살(하)

등지살
(세도로)

중뱃살
(쥬도로)

대뱃살
(오토로)

등살
(아카미,
적신)

혈합육

혈합육

속살
(적신, 아카미)

배꼽살

등지살
(세도로)

중뱃살
(쥬도로)

대뱃살
(오토로)

등블록 上

등블록 中

등블록 下

볼살

가마블록

배블록 上

배블록 中

배블록 下

★ 등블록은 가장 대중적인 횟감이다. 가장 붉고 부드럽다.
★ 배블록은 기름기가 많은 부위로, 오돌오돌하고 쫄깃하다.

참치 부위, 더 자세히 알아보자.

대뱃살(오토로)

참치의 꽃! 수분감이 좋은 대뱃살은 고른 마블링이 특징이다. 기름기를 많이 머금고 있어 표면에 윤기가 난다. 입에 넣으면 처음엔 담백하고, 녹으면서 점점 고소함이 퍼진다(약간 느끼할 수 있음).

속살(아카미, 적신)

참치의 등살과 뱃살 사이 몸의 중심부에서 참치의 뼈를 둘러싸고 있는 붉은 살. 참치의 살 중 많은 부위를 차지하고 있으며 기름기가 없고 칠강이 살아있는 담백한 맛이 특징이다. 많이 먹어도 금방 물리지 않는 부위.

중뱃살(쥬도로)

뱃살과 등살의 중간에 위치한 부위. 지방이 적당해서 대뱃살보다 선호하기도 한다.

등살(세도로)

참치의 등부분 껍질 바로 아래에 있는 살로, 기름기와 부드러움이 적당해 담백하고 고소한 맛을 낸다.

도로

토로라고도 하는데, 이것은 뱃살이 아니라 '다랑어에서 지방이 많은 부위'를 뜻한다.
도로라는 단어가 붙은 부위는 모두 지방이 많다. 오토로, 쥬도로, 세도로 모두 지방이 많아 부드러운 식감이 특징이다. 이 세 개 중에서도 오토로는 지방이 가장 많아 하얀색을 띠고, 상대적으로 지방과 기름이 적은 쥬도로는 약한 붉은빛이 맴돈다. 등살도 마찬가지. 반대로 지방이 거의 없는 속살(아카미, 적신)은 완전 붉은색을 띠고 있다.

참치의 특수 부위

목살(가마살)

뱃살 바로 옆에 옆지느러미가 붙은 운동량이 많은 근육(아가미 바로 뒤). 어깨살 또는 특목살이라 불린다. 뱃살보다 적은 부위를 차지하고 있어 뱃살보다 비싸기도 하다. 지느러미를 지탱하는 살점이다 보니 단단하고, 적당히 기름져 부드럽게 녹아내린다.

눈살

참치의 눈 주변의 근육살. 몸에 좋은 DHA가 다량 함유되어 있다. 지방이 거의 없고, 칠강이 강해 씹는 맛이 있다. 다만 비린내가 강해 녹기 전에 먹는 것이 좋다. 우리나라에서 특히 인기가 있는 부위 중 하나.

입천장살

참치의 위턱에서 발라낸 몇 안 되는 부위. 소고기 육회처럼 담백하고 부드럽다.

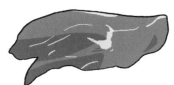

울대살

입천장 아래 부위이며, 힘줄이 많아 질기다.

볼살

양쪽 볼에서 각각 한 덩어리씩만 나오는 부위. 아주 쫄깃하며 소고기 육회와 맛이 비슷하다.

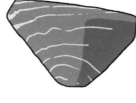

정수리살(두육살)

참치 부위 중에서 지방 함유량이 가장 적으면서 담백한 부위. 아주 부드러운 식감에 속살(아카미)보다 더 담백하고 지방이 적다.

꼬리살

참치의 꼬리와 가장 가까운 부분. 꼬리 쪽으로 갈수록 기름기가 적어지며 쫀득쫀득해진다 (회덮밥용으로 알맞다).

배꼽살(스나즈리)

참치 뱃살 중 횡경막에 해당하는 부위. 모양이 배꼽을 닮았다고 해서 지어진 이름. 배꼽살을 중심으로 위쪽에 대뱃살이 자리한다. 분홍색 살은 입에서 녹고, 이를 지탱해 주는 흰 지방막은 쫄깃하다.

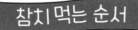

참치 먹는 순서

참치는 담백한 속살부터 먹는 것이 좋다. 기름이 많아질수록 혀가 기름에 무뎌져 담백한 맛이 느껴지지 않기 때문!

속살(아카미)-중뱃살(츄도로)-꼬리살-볼살-아가미 속살-옥살-대뱃살(오토로)-배꼽살-가마도로-갈비살(나카오치)

참치 먹는 방법

① 와사비는 간장에 풀지 않고 따로 먹는다.
참치회에 와사비를 올리고 간장에 찍어 먹으면 참치의 맛을 한껏 살려 먹을 수 있다.

② 김은 가끔씩만 먹는다.
질이 낮은 참치회일 경우 그 맛을 감추기 위해 김에 싸 먹으라 하는데, 김은 맛과 향이 참치보다 강해 참치 본연의 맛을 느끼는데 방해가 될 수 있다. 김은 살짝 언 황새치나 청새치회를 싸먹기에 좋다.

③ 대가리 부위는 참기름에
참치 대가리에 있는 부위는(정수리살, 눈살, 볼살 등) 지방이 적어 담백하고 마치 소고기 같은 맛이 난다. 소금과 참기름에 찍어 먹으면 맛있게 먹을 수 있다.

★★★
참치 마스터 획득!

TIP!
냉동 참치 블록을 해동할 땐 36~38도의 따뜻한 물을 준비. 리터당 소금 2스푼 넣고 잘 저어 준 뒤 참치 블록은 3분만 담갔다가 빼면 된다.

원시의 모습을 간직한 살아있는 화석, 철갑상어

1억 수천만 년 전부터 외형 변화가 거의 없이 살아 남은 어류. 비늘이 없는 대신 단단한 가죽을 지니고 있다. 행동도 느리고, 먹이도 조금 먹으며, 신진대사도 느리다. 60~70세 이상 장수한다. 육식성이지만 이빨도 없고 적극적으로 사냥하지도 않는다. 4개의 수염으로 물 밑을 훑고 다니며 죽은 물고기나 작은 곤충, 조개 등을 먹는다. 진미로 여겨지는 철갑상어 알(캐비아)을 얻기 위해 국내에서도 양식이 활발히 이루어지며, 양식장 근처에 가면 회를 비롯한 철갑 상어 요리를 먹을 수 있다.

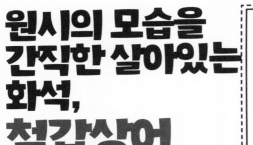

날카로운 이빨은 없지만 등에 단단한 껍질을 가지고 있다.

2~3.5m

값비싼 철갑상어의 등골

등골 | 어떤 맛이 나는 건 아니지만 씹는 식감이 힘줄처럼 오독오독~ 특이한 별미.

잘생긴 정면

상어 요리는?

1. 철갑상어 회

생각보다 쫄깃하고 생각보다 부드러운 철갑상어 회. 빈혈, 혈뇨증 등의 예방과 치료효과가 있다고 한다.

쫄깃쫄깃

2. 샥스핀

샥스핀은 상어 지느러미를 말린 것으로 예로부터 귀한 식재료로 여겨왔다(특히 중국에서). 가늘고 연한 상어의 지느러미를 말렸다가 육수에 불려 찌거나 약재와 함께 고아 먹는다. 중국 최대 명절인 춘절에 샥스핀 요리를 먹으면, 한 해 내내 여유가 생긴다는 속설 때문에 중국에서 매우 사랑받는 요리였다(2013년부터 나라의 공식적인 자리에 샥스핀 요리를 내놓을 수 없도록 법으로 지정함).

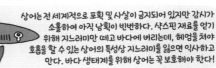

상어는 전 세계적으로 포획 및 사살이 금지되어 있지만 감시가 소홀하여 아직 남획이 빈번하다. 샥스핀 재료를 얻기 위해 지느러미만 떼고 바다에 버리는데, 헤엄을 쳐야 호흡을 할 수 있는 상어의 특성상 지느러미를 잃으면 익사하고 만다. 바다 생태계를 위해 상어는 꼭 보호해야 한다!

3. 돔배기

돔배기는 '간을 친 토막 낸 상어고기'라는 뜻의 경상도 사투리로 상어를 토막 내고 포를 떠서 소금에 절인 것을 뜻한다. 구이와 산적 그리고 조림에 이용한다. 단백질이 많고 지방이 적어 닭가슴살과 비슷하면서도 몸에 필요한 다른 영양소들이 훨씬 풍부하다.

> 경북 영천의 특산물인 돔배기는 육질이 담백하고 부드러우며 특유의 감칠맛과 고소한 맛이 있다.

4. 캐비아

트러플, 푸아그라와 함께 세계 3대 진미로 손꼽히는 캐비아! 단백질과 비타민이 풍부한 고영양 식품 캐비아는 철갑상어의 알로, 정식 명칭은 Sturgeon Caviar 이다.

주의! 그냥 Caviar로만 부를 경우 '어란을 소금에 절인 것'으로 연어알, 청어알 등을 절인 것과 혼동될 수가 있다!

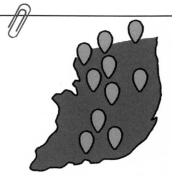

캐비아의 주 생산지는 러시아, 이탈리아, 프랑스이고 우리나라에는 러시아의 철갑상어가 2000년대 북한과의 교역을 통해 들어왔다. 현재 우리나라 20여 곳에서 철갑상어를 양식 중에 있다.

철갑상어 캐비아는 보통 다른 요리들에 첨가해서 먹곤 한다. 캐비아 자체의 맛을 느껴보려면 소량을 떠서 혀에 올린 후 입천장에 대고 터뜨려 그 향과 맛을 보면 된다.

캐비아를 먹을 때 주의할 점!
캐비아는 쇠, 은 등에 닿으면 산화작용이 일어나 고유의 맛과 향이 변하게 되므로 나무, 플라스틱, 사기 등으로 떠서 먹어야 한다.

TIP! 캐비아는 최근 온라인 쇼핑몰에서도 손쉽게 구매할 수 있다. 등급마다 가격이 다르므로 꼼꼼히 비교하고 구매하자!

한국 이름은 왕게입니다, 킹크랩

우리나라 동해에서도 어획되지만 주로 북극해, 알래스카 등 차가운 해역에서 더 많이 잡히는 킹크랩! 그중에서도 손으로 잡는 노르웨이 킹크랩은 최고의 맛을 자랑한다고 한다. 최대 갑각 길이 약 28cm, 다리 길이 약 1.8m, 몸무게 약 11kg까지 성장하며 번식이 가능한 성체가 되는 데 약 10년 걸린다. 수컷의 수명은 약 30년, 암컷은 약 25년이다. 완전히 성장하는데 시간이 매우 오래 걸리므로, 적당한 크기가 되면 포획하여 상업용으로 유통한다.

다리가 8개이고 모든 다리에 가시가 났다.

집게다리는 오른쪽 것이 왼쪽 것보다 크다.

갑각은 오각형이고 표면에 짧고 뾰족한 원뿔 모양 가시가 나있다.

← 40~80cm →

킹크랩과 대게의 차이!

대게

헷갈리지 말라는~~

킹크랩의 다리는 8개(두 쌍의 다리는 퇴화돼 사실상 8개라고 보아야...), 대게의 다리는 10개이다. 킹크랩의 껍데기에는 가시 같은 것이 나 있고 대게의 껍데기는 매끈하다.

맨손으로 킹크랩을 만져서는 안 된다. 킹크랩은 1~3도의 낮은 수온에서 서식하는 생물로, 사람의 체온이 오래 닿으면 마치 화상을 입은 듯 선도가 크게 나빠진다.

싱싱한 킹크랩을 고르는 법

수조에서 꺼냈을 때 팔팔하게 움직이는 녀석을 고르자.

팔딱 팔딱

날 놔라!!

이외에도...
→ 수조에 있는 킹크랩 중 호흡이 활발한 것을 고른다. (입의 움직임 많음)
→ 수조의 색깔이 녹색, 갈색 등 탁한 색이면 스트레스를 받은 킹크랩이 장을 토해냈을 가능성이 높다.

배딱지가 심하게 부풀어있거나 열려있으면 킹크랩이 물을 많이 먹어 복수가 찬 것!
수조 안의 염도가 맞지 않거나 죽어가는 킹크랩은 물을 벌컥벌컥 마신다. 이런 것을 쪄 먹었을 때는 짠맛이 나고 쓸데없는 물 무게도 많이 나가므로 주의!

등딱지가 온전한 것을 고른다.
등껍질에 손상이 있을 경우 해수가 킹크랩 몸속으로 들어가기 때문에 선도가 낮을 확률이 크다.

엉덩이 부분을 봤을 때 등껍질과 배가 이어지는 부분이 야무지게 닫혀있어야 신선한 것! 복수가 찬 녀석들은 옆의 그림처럼 이 부분이 벌어져 있다.

킹크랩 쪄먹기

킹크랩은 그 자체로 맛이 좋기 때문에 양념을 첨가할 것 없이 그대로 쪄 먹어도 손색이 없다.

1 킹크랩을 음식 전용 솔로 깨끗하게 닦은 후

2 찜통에 킹크랩의 배가 위쪽으로 향하게 놓는다.

3 센 불에서 10분, 중간 불에서 10분 찐 다음 5분 정도 뜸을 들인다.

4 다 찐 킹크랩을 먹기 좋은 크기로 자르고 킹크랩 다리에 올리브오일을 살짝 바른 후 3분 정도 골고루 구우면 한층 진해진 풍미를 느낄 수 있다.

TIP! 버터 + 간 마늘 + 소금 + 후추 + 레몬즙 + 파슬리를 섞은 버터소스를 발라 석쇠에 구워 먹어도 맛있다!

감수자의 글

소, 돼지, 닭만 고민하면 됐던 육고기파와 달리 수산물파는 일일이 열거할 수 없을 만큼 다양한 종류에 고민할 엄두도 못 낸다. 원산지도 다양한데 가격조차 확실하게 정해지지 않으니 "과연 내가 지불한 만큼 먹을 수 있을까?" 같은 불안감에 선뜻 모험하러 들지 않는다. 그래서 그런 걸까? 내 주변을 보면 늘 먹던 생선만 챙겨 먹는 듯하다. 고등어, 갈치, 조기, 가끔 꽃게나 새우 등. 아 참 오징어가 빠지면 서운하지. 우리가 일주일에 한두 번 접하는 수산물이 대략 이러하다. 시야를 좀 더 넓혀보면 어떨까? 우리나라는 사계절이 뚜렷한 만큼 제철 수산물들도 각기 개성을 뽐낸다. 좁은 땅덩어리를 가진 한반도에서도 삼면이 나뉘고, 제주도까지 포함한다면 해산물의 종류는 정말로 무궁무진해진다. 당장 지역 수산시장에만 가더라도 도시 사람들에겐 생소한 수산물이 즐비하다. 이 많은 수산물들도 결국에는 누군가의 입으로 들어갈 텐데 왜 우리는 이러한 수산물에 대한 정보를 찾지 못하는 걸까? 왜 항상 수산물은 복잡하고 어렵게만 느껴지는 걸까? 나이 지긋한 40~50대, 혹은 알만 한 사람들만 알음알음 찾아 먹던 물메기탕과 미더덕찜을 이제는 전국구를 넘어 전 세계인이 유튜브를 통해 시청하는 시대이다. 수산물에 관한 정보는 넘쳐나는 듯하지만 웬일인지 쏙 들어오는 내용은 부족하다. 단지 생태학적으로만 접근하는 백과사전이 아닌 생활 속에 활용되는 유용한 정보가 필요했던 것이다.

이 책은 '평생 동안 알고 먹으면 좋을 법한 수산물 상식'을 너무 진지하거나, 복잡하지 않게 풀어씀으로써 평소 수산물에 관심이 없었거나 혹은 막연하게 생각했던 독자들께도 술술 읽히는 책이 되었으면 하는 바람으로 감수했다. 어쩌면 이렇게 다양한 수산물을 맛볼 수 있는 시대에 태어난 것이 행운이 아닐까 싶으면서도 한편으로는 지금의 어족자원이 얼마나 오랫동안 유지될까 싶은 의구심도 든다. 그때까지 이 책에 실린 모든 수산 자원이 건재하다면, 후세에 이 책은 오늘날 한국인이 주로 먹었던 수산물과 식문화의 작은 기록서가 되지 않을까 하는 기대감을 내비치며 글을 마친다.

김지민
(입질의 추억)

참고문헌

서적

『우리가 정말 알아야 할 우리 음식 백가지 2』 한복진, 현암사, 2005

『해양과학 용어사전』 한국해양학회, 아카데미서적, 2005

『한국 어류대도감』 김익수 외, 교학사, 2006

『한국해양무척추동물도감』 홍성윤, 아카데미서적, 2006

『바다생물 이름 풀이사전』 박수현, 지성사, 2008

『생명과학 대사전』 강영희, 아카데미서적, 2008

『우리바다 어류도감』 명정구 외, 예조원, 2009

『죽기 전에 꼭 먹어야 할 세계 음식 재료 1001』 프랜시스 케이스 외, 마로니에북스, 2009

『바다낚시 첫걸음 (상)』 편집부, 예조원, 2011

『바닷물고기 도감 : 세밀화로 그린 보리 어린이 도감』 명정구, 보리, 2016

『자산어보』 정약전 외, 서해문집, 2016

『최초의 물고기 이야기, 신우해이어보』 최헌섭 외, 지앤유, 2017

『친애하는 인간에게, 물고기 올림』 황선도, 동아시아, 2019

『딩동~ 바닷물고기 도감』 박수현, 지성사, 2020

WEB

입질의 추억 블로그 https://slds2.tistory.com/

국립생물자원관 http://www.nibr.go.kr